岩 波 文 庫
32-797-2

鷲か太陽か?

オクタビオ・パス作
野谷文昭訳

岩 波 書 店

目次

挿画　ルフィーノ・タマヨ

鷲か太陽か？

僕は始める、そしてまた始める。だが進まない。決定的な文字の群れにぶつかると、僕のペンは後退りしてしまう。容赦なく禁ずる力が進路を遮ってしまうからだ。昨日、全身に最大の力がみなぎった僕は、どんなものの上にもすらすら書くことができた。空の一片、壁（太陽と僕の目の前に大胆不敵に立ちはだかっていた）、牧場、別の身体。あらゆるものが使えた。風の書法、小鳥の書法、水、石。思春期、固定した思想で耕された土地、イメージを彫りつけた身体、輝く傷跡！　秋は大きな川に草を食ませ、山の頂を光彩で満たし、メキシコ渓谷に豊饒を、混じり気のない驚きの塊に光が彫った不朽の言葉を、刻みつけていた。

今日、僕は独りきりでひとつの言葉と闘っている。それは僕に属し、僕が属す言葉、表か裏か、鷲か太陽か？

詩人の仕事

詩人の仕事

I

三時二十分あるいは九時四十四分、夜明けには髪を乱し、夜中には蒼白になりながら、常に不意にしかし時間通りに、トランペットの音もなく、静寂を履き、大抵は黒い服を着て、残忍な歯、しわがれた声、大きな口みたいな目をして現れる、テデボロ・イ・《〈オマエヲムサボル》テボミート《オマエヲハキダス〉》、トゥリ、ムンドインムンド《〈ケガレタセカイ〉》、カルナサ、カロニャそしてエスカルニオ。無人と他者たち、彼らは一〇〇〇人にして零人、一分にして無時間。僕は彼らを見ない振りをして、自分の仕事、一時中断した会話、足し算と引き算、日常生活を続ける。密かにかつ積極的に、彼らのことを気に掛ける。言葉をいくつも孕んだおとなしい黒雲が、僕の頭の上に来て止まり、身を揺すり、傷ついた動物みたいに呻き声を上げる。僕はその黒い袋に手を突っ込み、見つかったものを引っ張り出す。ひび割れた角、錆びついた稲妻、何もついていないつるつるの骨。そのがらくたでもって僕は身を守り、訪問者を打ちのめし、耳を削ぎ、長い沈黙の時間、野外において全力で戦う。歯ぎしり、折れた骨、一つ足りない手足、一つ余分な手足、要するに手足の一揃い――もしも目を十分に見開き、頭を冷やすことができたなら。だが、腕が立つところを過剰に見せる必要はない。明らかな卓越性は彼らの気力を殺ぐ。それに過剰な自信を示す必要もない。彼らにそれを利用されるかもしれない。もしそうなったら、誰が結果に責任を持つというのだ？

II

彼らは大抵黒い服を着て現れると今僕は言った。さらにこう言い添えなければならない。炭の煙みたいに濃い黒の衣をまとって、と。その条件は彼らが交接し、接合し、分離し、分岐することを可能にする。中には雲母に似た素材でできたものたちがいる。彼らはいともたやすく砕けてしまう。平手打ちを食らわせるだけで十分だ。彼らは傷つき、褐色を帯びた物質を放出するが、それは地面に撒かれると、たちまち消えてしまう。なぜなら、他の連中がすぐにやってきて、ぺろぺろ舐めてしまうからだ。そうするのは、多分、エネルギーを補給するためだ。

一つの頭と十五の足を持つものがいる。顔と首しかないものもいる。彼らはついに鋭い三角形になる。舞い上がると、ナイフが空気を切るときのように、ひゅーと音を立てる。せむしたちは、尽きることのない移動楽団だ。それぞれの背中の瘤に、誰かを隠し、それが太鼓を叩くとともに、やはり楽士である別の誰かを隠し、それがまた……。美しい女たちは長い涎の裾を堂々と引きずる。風にたなびく小旗、絨毯の上で重そうに跳ねる柔らかな大玉から垂れさがった房飾りがある。先の尖ったものたち、耳の大きなものたち、告げ口屋たち、蛭みたいに身体にくっつく歯のないものたち、何時間も同じ言葉、たった一つの言葉を繰り返し続けるものたち。彼らは数えようもなければ、名づけようもない。彼らはまた、こうも言わなければならない。彼らは、日によっては、燃え上がり、輝き、揺らめき、(闘牛のケープのように)広がり、縮み、細くなる。

青たちは電流の茎の先で花開く。

赤たちは震え、燃え広がり、火花を放つ。

ラッパの黄色は屹立する。なぜなら、豪奢なものたちは横たわり、官能的なものたちは寝そべるからだ。

緑たちの生きいきとした羽根は、常に鋭く、常に冷たく、ほっそりとしている。それは白と灰色のささいだがなくてはならないものだ。

それは敢えて現れようとはしない誰かから送られてきたものたちだろうか、それともこの世界に生を享け、自らの意志でやってきたものたちだろうか。

Ⅲ

みんな家を出て行った。十一時頃、僕は最後の煙草を吸い切ったことに気づいた。風にも寒さにも身を曝したくなかったので、煙草の箱を求めて家の隅々まで捜したが、見つからなかった。仕方なくコートを羽織り、階段を下りた(僕は五階に住んでいる)。通りには、灰色の石でできた高い建物が立ち、裸のマロニエが二列に並ぶ美しい通りには、まるで人気がなかった。凍てつく風と黄色っぽい霧に抗って、三〇〇メートルほど歩いたけれど、煙草屋は閉まっていた。僕は近くのカフェに向かって歩いた。そこには少しばかりの温もりと音楽、そして何よりも家を出た目的である煙草があるにちがいなかった。僕は震えながら、さらに通りを二つ歩いた。その時突然感じた――いや、感じたのではない。〈言葉〉が素早く通り過ぎたのだ。出会いの意外性に、僕は一瞬すくんでしまった。ほんの一瞬だったが、そいつが夜戻ってくるのに十分な長さだった。回復した僕は、そいつのなびいている髪の毛の先を摑むことができた。僕は必死に引っ張った、無限の彼方に向かって伸びるその髪の毛を、垣間見た風景とともに手の施しようもなく遠ざかるその電話線の束を、上昇し、細くなり、どこまでも伸びる音を……。僕は通りの真ん中にただ独り、紫色になった両手の間に赤い羽根を持って立っていた。

Ⅳ

ベッドに横たわり、獣の眠り、ミイラの眠りを願う。目を閉じ、どこかは分らないが部屋の隅から聞こえるトントンという音を聞かないようにする。「静寂は騒音に満ちている」僕は独りごつ。「お前に聞こえるのは、お前に本当に聞こえているものではない。お前に聞こえているのは静寂だ」しかしトントンという音は相変らず続き、次第に大きくなってきた。それは石だらけの地面を駆ける馬の足音、まだ巨木を切り倒せないでいる斧、僕の心臓の鼓動と韻を踏む一つの音節だけからなる、無限の一行詩を印刷している印刷機だ。それは岩を打ち、破れた泡の衣でその岩を被う僕の心音、それは海、崩れ落ちては立ち上がり、立ち上がっては崩れ落ち、崩れ落ちては立ち上がる、鎖で繋がれた海の引き波だ。それは静寂の中に落ち込む、シャベル何杯分もの静寂だ。

V

僕は喘ぎ、粘つきながら羽ばたく。潜り、大声で叫び、広々とした場所がほしいと訴える。なんという悪ふざけだ。今度こそお前の腹に拳骨を食らわせ、お前を捻り上げ、さらに捻り上げ、お前を投げ飛ばして仰向けにし、次は這いつくばらせ、お前の嘴を折り、鼻面を地面にこすりつけ、嘴を引き抜き、胸をへこませてやる。バカバカバカバカバカバカッタレ。カマキリ夫人はカマキリ氏の四肢の食べ残しを食べ尽くす。びっこの踊り手、トゥリが、僕の目の上で踊る。だれも僕の視界には入らない。ありとあらゆる流儀の連中のすべて、汚らわしい渾名をまとった連中のすべて、それはすべてにしてただ一人、つまり誰でもない。お前の基底を徹底的に壊してやる、お前を土台から引き剝がしてやる。ギリシアの気管をギリギリ鳴らせ。樫みたいな奴はかさぶたの表面を搔きむしる。カマキリ夫人はもたつき、嚙みつく。身体をくねらせた奴はヒューヒュー音を立てながら、涎を垂らし、喜び勇んで井戸へ向かう。灰の井戸へと。ハリネズミは虹色に輝き、針を逆立て、針を揺すって笑う。ヒキガエルのスープ、屁のかすがい、すべてが一つになり、ヘチマの音節の玉に、痰の玉に、巫女の音節の腸《はらわた》の玉に、お喋りに、耳の聞こえぬお喋りになる。僕は喘ぎ、糞まみれになって振り子のように揺れ、喘ぐ。

Ⅵ

歳月がたった今、僕は自問する。あれは本物だったのか、それとも僕の高揚した思春期が産んだ奇形児だったのか。愛撫するときですら決して閉じない眼、あの過剰な生気に満ち満ちた身体（かつては死だけが決定的かつ完全にそれ自身であるように見えたのは、多分、僕たちが生と呼ぶものには常に生ならざるものの断片やかけらが含まれているからだろう）、何も要求はしないものの、僕たちの脆さに見合ない、あの横暴な愛。その生への愛は、生を放棄することを強制する。その言語への愛は、言葉の軽視を招く。その遊戯への愛は、規則を踏みにじり、別の規則を作り、一語に命を賭けることを促す。友人を好む気持ち、理知的な女性を好む気持ち、文学、道徳、良き仲間、美しい詩、心理学、小説を好む気持ちは、消えうせる。思索――思索の無駄についての思索、観察するものが観察の対象から観察され、その両者が「観察」によって観察され、ついに三者が一体となるような観察――に耽るとき、世界、理性そして言語との結び目は断たれる。とりわけ言語――僕たちを忌まわしい反芻する腹とつなぐあの臍の緒との結び目がそうだ。お前はいつかすんなりイエスと言えるように、敢えてノーと言う。お前は「他者」がお前の存在に詰め込んだものをすべて取り除く。大小のくだらないもの、「他者」の世界を作っているあらゆるくだらないものを。それからお前はお前自身を取り除く、なぜならお前――僕たちが「私」もしくは人格と呼ぶそれ――もまたイメージ、「他者」、くだらないものであるからだ。「私」の膿んだ無が取り除かれ、掃除されれば、お前のイメージが取り除かれれば、もはやお前はほかならぬ待機となってひたすら待ち受ける。沈黙の時期、旱魃の時期、そして石の時期がやってくる。ときには、どうということもないある日の午後、名も無い日に、「言葉」がひとつ落ちてきて、あの過去のない地にそっと止まる。鳥は凶暴で、お前の目玉をくりぬくだろう。だが、おそらくそのあとで、別の目玉が生れるだろう。

Ⅶ

黄昏が忍び寄るテーブルの上で僕は書く。生きているかのようなその胸の上にペンを強く押し付けると、胸は呻き、自分が生れた森を思い出す。黒インクはその大きな翼を広げる。ランプは砕け散り、割れたガラスがケープとなって僕の言葉を覆う。僕は鋭い光の破片で右手を切断する。影が湧き出る切断された手の断端で僕は書き続ける。夜が部屋に入り込む、真向かいの塀はその石の唇を突き出す、大きな空気の塊がペンと紙の間に割り込んでくる。ああ、単音節語がひとつだけあれば、十分世界を吹き飛ばせるのに。けれど、今夜は単語もうひとつ分の余地がない。

Ⅷ

ベッドに横たわっても寝つけない。僕の目玉は真っ暗な部屋の真ん中で旋回する。その部屋では、何もかもがあの最後の、見捨てられた眠りを眠る。その眠りは、持ち主が死んでしまったか突然永久にいなくなってしまった物たちが眠るための眠りであり、生命のない自分自身の重さ、その重さに身を任せた物の鈍い眠りだ。それは撫でたりさすったりする手の温もりを欠いている。僕の目玉は、洋服ダンス、椅子、机、僕に生命を負っていながら僕を僕として認めず、こうした時間を分かち合おうとしない物たちに、空しく触れる。僕は広大なエジプトの地の中央でじっと動かずにいる。ピラミッドと影の円錐がミイラの不滅を描いてみせる。僕は決して起き上がれないだろう。次の日は決してやってこないだろう。僕は死んでいる。僕は生きている。僕はここにいない。僕はこの寝床から動いたことがない。僕は絶対起き上がれないだろう。僕は闘牛場だ。僕はそこで喪服の闘牛士が差し出すまやかしのケープ目掛けて攻撃する。ドン・タンクレドは中央にそそり立ち、石膏の稲妻となる。僕はそいつを攻撃する。けれどもう少しで倒せるというときになると、必ず誰かが現れて、気を逸らさせる。すべてのスタンド席を包み込む、僕の巨大な唇が吹く口笛の下で、僕はもう一度攻撃する。ああ、僕は決して牛を殺せない、冷酷なナイフみたいに午後の首を刎ねるあの口笛の冷たい翼の下で、場内をぐるぐる回る哀しげなラバたちに引きずられることはない。僕は身を起こす。やっと一時だ。伸びをすると、足が部屋

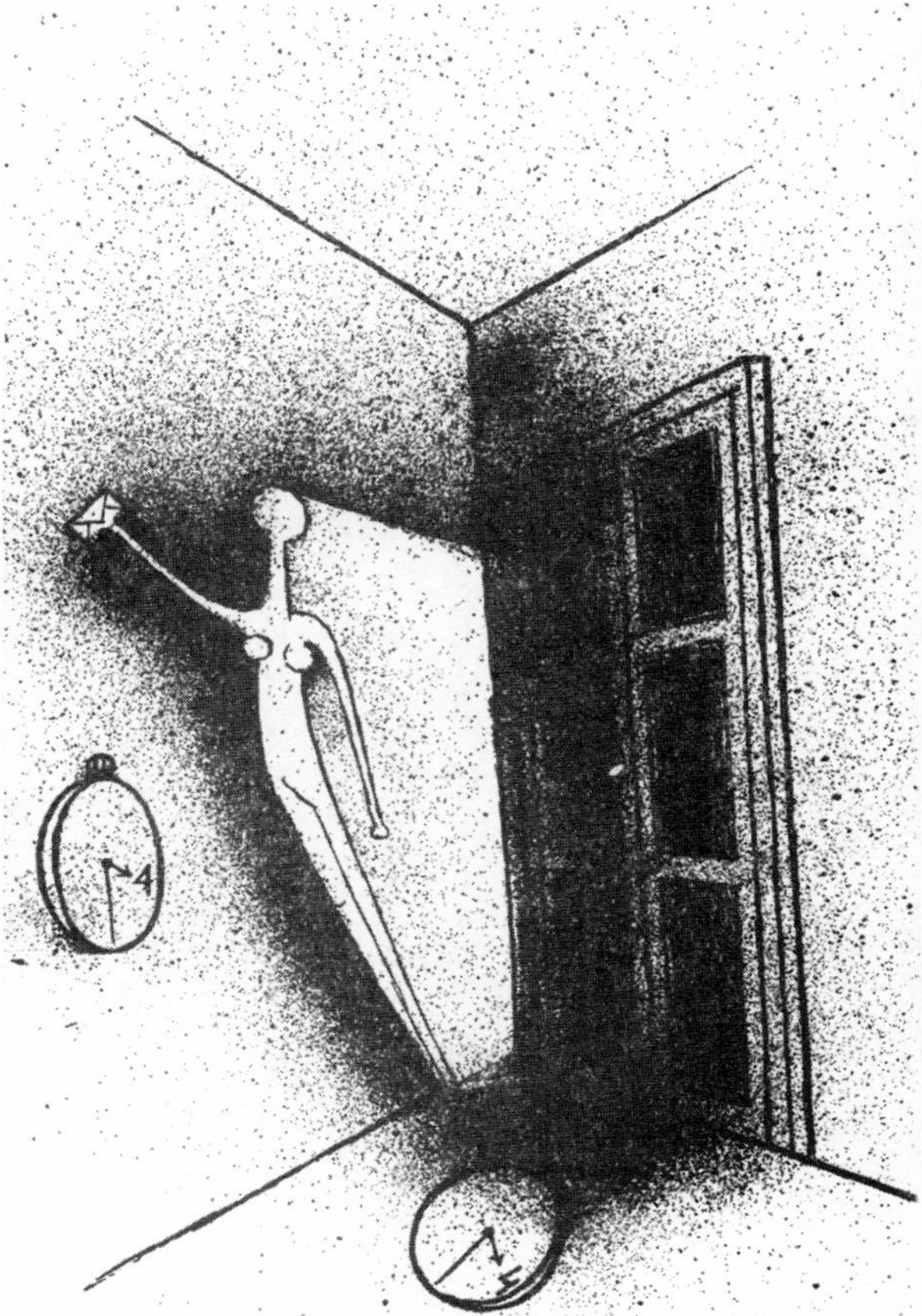

からはみ出し、頭は壁を突き破る。聖なる樹の根のように、音楽のように、海のように、僕は無限に伸び広がっていく。夜は獣の足、歯、猛禽の鉤爪、吸盤で満ちる。この大き過ぎる身体をどのようにして守ればいいのか。何キロも先にある僕の足の指、手の指、耳は何をしているのだろう。僕はゆっくりと身を縮める。ベッドがきしみ、僕の骨がきしみ、世界の蝶番がきしる。壁、穴、鏡の無限の上での強いられた行進、徹宵、塞がれた井戸の端での停止と喘ぎ。奇形児の群れが唸りを上げる。びっこのカップルが交接する。僕のお腹の中で太鼓が鳴り、僕の胸の砂の中に沈んでいく馬たちのざわめきが消える。僕は退却する。僕は左の耳から自分の中に入る。ザクロ色の星座によってのみ輝く空っぽの頭蓋の中で、僕の足音がこだまする。家具の無い巨大な広間を僕は手探りで歩き回る。戸口はどれも煉瓦で塞がれ、窓は壁で塞がれている。苦労して自分を引きずりながら、僕は右の耳から出て、午前四時半の偽りの光の中へ入っていく。隙間からそっと忍び込む夜明けの足音が聞こえ、痩せた邪悪な娘が中傷と悪意に満ちた手紙を投げ入れる。四時半、四時半、四時半。昼が僕を突き倒し、宣告する。起きて毎日の仕事に、朝の挨拶、歪んだ微笑み、針の寝台での愛、消すことのできない傷を残す悲しみと喜びに、立ち向かわなければならない、と。しかも何もかも休みなしに。なぜなら、死にそうに眠く、瞼をきつく閉じている今、時計が僕に呼び掛けるからだ。八時だ、もう時間だ。

Ⅸ

一番簡単なのは言葉を真っ二つにすることだ。それでもときに断片は、熱狂的な、激しい、単音節の生を生き続ける。その新たに生れたものたちの一摑みを、円形競技場に放り込んでやると面白い。色鮮やかな旗を掲げ、とんだり跳ねたり踊ったり、疲れを知らず叫んだりする。ところがライオンどもが登場すると、あたりはしんと静まり返り、威厳に満ちた不屈の下顎がその静寂を破るだけになる。……

接木はある種の厄介な問題を生む。それはほとんど常に、虚弱な怪物となる。互いに噛みつき合い、一方の頭の血をすっかり抜いてしまう二つの頭、攻撃するたびに自分をぼろぼろにしてしまう、鳩の嘴をもった鷲、口づけするたびに相手を引き裂く、鷲の嘴をもった鳩、中風病みの蝶。近親相姦はありきたりの法則だ。同一家族の中での結合ほど彼らが好むことはない。だが結果の貧しさをこの状況のせいにすることは、根拠のない迷信にすぎない。実験の興奮に引きずられ、僕は言葉の一つを真っ二つに裂き、別の言葉の目玉を抉り取り、足を切断し、腕、嘴、角をくっつける。言葉の群れを集め、学校、兵営、連隊、修道院の規則に従わせる。直感におもねり、性癖や翼を徹底的に切り取る。丸いものを尖らせ、しなやかなものを刺だらけにし、骨を軟らかくし、腸を骨にする。自然な傾斜に堰を作る。そうやって滑稽で短命な生き物を創り出すのだ。

塔という単語の額に赤い穴を開けてやる。憎しみという単語には、何年もゴミを餌にやり続ける。するとしまいに膿が見事に破裂し、一世紀にわたって言葉を汚染し続ける。愛は死ぬほど飢えさせてやる。すると手当たり次第になんでも貪るようになる。うつくしさの「う」には瘤ができる。踵という単語は、ついに自由になると、機械的な喜びで頭を規則的に踏み潰す。叫びという叫びの口に砂を詰め込んでやる。気取り屋どもを、群れをなす屁が唸り声を上げている洞窟へ放り込む。要するに僕の地下室は、切断し、切り裂き、首を刎ね、接着し、繰り返し縫い合せる場所なのだ。組み合せ方は好みの数だけある。

だが、こんな遊びもしまいには退屈なものとなる。そのとき唯一残っているのが「奥の手」だ。つまり平手で六つか七つ——もしくは一〇か一〇億——の言葉を押し潰し、その軟らかな生地を団子にこね、固くなって星屑のように光るまで戸外に晒しておく。

そして十分冷たくなったなら、お前が生れたときからずっとお前を眺め続けてきた目玉に向かって力いっぱい投げつける。狙いが定まり、力がこもり、そして運がよければ、たぶん何かを壊すことが、世界の顔を破壊することができるだろう。お前が投げたものは壁に当たって破裂し、短い火花を生じさせ、その火花は一瞬静寂を輝かせるかもしれない。

X

下水溝の口が吐き出す蛙や蛇ではまだ足りない。言葉の嘔吐、虫歯の歯が繰り返し食べた腐った言葉の浄化、吐き気。その吐き気の中で、僕たちが学校で与えられたすべての食べ物、何世紀も前から、独りであるいは一緒に、僕たちが嚙み続けてきたすべての食べ物のかけらが浮遊している。僕はすべての言葉を、すべての信念を、最初から僕たちの喉を詰まらせるすべての冷たい食べ物をもどす。

僕はこう自問した時期があった。どこが病んでいるのだ、どこから腐敗が始まったのだ、言葉の方か物事の方か。今日僕は、ナイフと嘴である言語、酸と炎である言語を夢見る。それは鞭の言語。夢を見る目的は、嫌悪すること、激昂させること、破門すること、追放すること、相続権を奪うこと、放逐すること、攪乱すること、分離すること、放出すること、擦り傷をつけること、発掘すること、唾を吐くこと、潰瘍を生じること、（秘蹟を）排泄すること、強請《ゆす》ること、（沈黙を）憔悴させること、罪を償うことだ。息を切断するような言語。撫で斬り、断ち切り、切り取る言語。サーベルの軍団。切り損じることのない剣の言語、研ぎ澄まされた稲妻の言語、疲れを知らぬ、光り輝く、几帳面な剃刀。ギロチンの言語。何でも噛み砕く歯。それは我汝彼我等汝等彼等の塊を作る。ナイフを束ねた風。それは家族を、寺院を、図書館を、牢獄を、娼館を、学校を、精神病院を、工場を、学士院を、裁判所を、銀行を、友情を、居酒屋を、希望を、革命を、慈善を、正義を、信念を、誤謬を、真実を、信仰を、切り裂き、根こぎにし、根絶やしにする。

XI

うろつき回り、人の気を引き、近寄って来たかと思うと、離れて行き、今度は忍び足で戻って来る。けれど僕が手を伸ばすと、消えてしまう。それが単語だ。僕が見分けられるのはそいつの誇らしげな冠毛だけ。クリ。ならばクリスト、クリスタルガラス、犯罪《クリーメン》、クリミア半島、クリティーク、クリスティーナ、それとも基準《クリテリオ》か。そして僕の頭から丸木舟が船出する。乗っているのは槍を持つ男。軽くて華奢な舟は黒い波を、僕のこめかみのうねる真っ黒な血の波をすばやく切って進む。舟は僕の中へ向かって遠ざかる。猟師にして漁師の男は、脅威に満ちた水平線の暗い雲の塊を探るように見る。男は洞察力あふれる眼差しを怒りっぽい泡どもの中に突っ込み、耳を鋭く澄ませ、鼻でにおいを嗅ぐ。ときおり生気ある閃光、緑の鱗に覆われた鰭のはばたきが、闇を横切る。クリだ。クリは一瞬空中に現れ、息をすると、また深みに潜る。猟師は胸にくくりつけてあった角笛を吹く。けれどその陰気な咆哮は水の砂漠に消えていく。広大な塩辛い湖には誰もいない。岩だらけの岸はすでにはるか遠くなり、仲間たちのあばら家の弱々しい光もはるか彼方だ。ときどきクリが姿を現し、不吉な鰭を見せると、また水に潜る。舟の漕ぎ手は魅惑され、その後を追い、僕の中へ、ますます奥へと入り込む。

XII

僕の方に伸びてくるすべての腕を断ち切ったあとで、すべての窓と扉を塞いだあとで、すべての穴を毒入りの水で溢れさせたあとで、へつらいにも恐れにも近づくことのない「否《ノ》」の岩の上に我が家を建てたあとで、自分の舌を切り、それを貪り食ったあとで、いくつもの愛に向かって、つかんだ沈黙と軽蔑を意味する単音節語を投げつけたあとで、自分の名前と自分の生地の名前と自分の一族の名前を忘れたあとで、自分自身を裁き、永遠の待機と永遠の孤独の刑を宣告したあとで、僕は三段論法の牢獄の石に耳を当て、春が休みなく進んでくる、しっとりと柔らかい音を聞いた。

XIII

何年も前のこと、僕は小石やゴミや雑草を使ってティラントランを建てた。覚えているのはその壁、数字のついた黄色い扉、騒々しい民の住む臭くて狭苦しい街、緑の政庁、生贄たちの住む赤い館、掌のように開いたその館には、五つの大寺院と無数の石畳の道がある。ティラントラン、白い石の裾にできた灰色の都市、爪と歯で地面にしがみついた都市、埃と祈りの都市。その住人——狡猾で、仰々しく、怒りっぽい——は自分たちを作った二つの「手」を崇めていたが、自分たちを破壊するかもしれない二本の「足」を恐れてもいた。だが、彼らの神学も、二つの「手」の寵愛を買い、二本の「足」の慈悲を確保するための新たな生贄も、ある晴れた朝、僕の右足が、彼らをその歴史、残忍な貴族階級、暴動、聖なる言葉、民衆歌、儀礼劇ともども踏み潰すのを妨げることはできなかった。しかも聖職者たちは、二本の「足」と二つの「手」が同じ神の手足であるとは考えもしなかった。

XIV

年に数ミリずつ進みながら、僕はなんとか岩の中に道を作っていく。何千年も前から、はるか彼方の向こう側へと、光へと、外の世界へと辿り着くために、僕の歯は磨り減り、爪は割れ続ける。

そして、渇きと埃でひび割れた空洞の中で、僕の両手が血を流し、歯が不安げに震えている今、僕は立ち止まり、自分の作品を眺める。僕は自分の人生の後半を、石を砕き、壁に穴を開け、扉を穿ち、人生の前半にわたって光と僕の間に置いておいた障害物を取り除くことに費やした。

XV

僕の人々よ、僕の痩せた思考が与えるパン屑と、苦労の末に石から抽出した使い古しのイメージを、食料とする人々よ！　何世紀も前から雨が降っていない。僕の胸のまばらな草すら日照りで枯れた。星もなく雲もない空は、日毎に高くなっていく。僕の血は硬化した血管の中で衰弱する。「怒り」よ、歯を「壁」に打ちつけ、折って煌け、もはやお前をなだめる者はいない。「乙女座」、「激怒する星」、翼の生えた美、鉤爪の生えた美よ、お前たちには何もない。すべての言葉は渇きで死んだ。誰もこの磨かれた残骸を糧とすることはできないだろう、僕の犬、僕の悪癖でさえも。希望よ、腹を空かせた鷲よ、沈黙に似るこの岩の上に僕を置き去りにしてくれ。そしてお前、「過去」から吹き寄せる風よ、力一杯吹け、このわずかな音節を吹き散らせ、そしてそれを空気と透明性に変えろ。汚れのない口に空気を少し、渇望する唇に水を少し、すると最後には一つの「単語」ができるのだ! けれど、もはや忘却が僕の名を口に出している。ほら、あの唇の間で、黒毛の夜の鼻面で一瞬輝く骨のように、僕の名が輝く。僕がうたわなかった歌、砂原の歌、風がそれを一気にうたう。その果てしないフレーズには、始めも、終りも、意味もない。

XVI

道を譲る内臓と抵抗する骨の間を分けて進む痛みのようであり、

僕たちを生に繋ぎとめる神経を削るヤスリのようであり、だが、また同時に、突然の喜びのようであり、海に臨む扉を開けることのようであり、深淵を覗くことのようであり、そして頂に達することのようであり、岩をくりぬくダイヤモンドの川のようであり、さらにまた、流れ落ちて純白の像と寺院を崩壊させる青い滝のようであり、舞い上がる小鳥と落下する稲妻のようである。それは翼の羽ばたき、木の実を突き破り、ついに半開きにしてしまう嘴だ！　僕の「叫び」よ、お前は炎の羽根を噴き出す噴水、恒星から惑星を引き剝がした痕のような、共鳴する広大な傷、木霊に満ちた空への、お前を反復し、粉々にし、お前を無数の、無限の、無名の存在に変える鏡に満ちた空への墜落だ。

動く砂

青い花束

目覚めると汗をぐっしょりかいていた。水を撒いたばかりの赤レンガの床から、熱い水蒸気が上がっている。灰色がかった蛾が、黄色い光のまわりを目が眩《くら》んだかのように飛びまわる。僕はハンモックから飛び下りると、隠《かく》れ処《が》から涼みに出てきたサソリを踏まないように気をつけながら、裸足で部屋を横切った。窓辺に行って外の空気を吸った。巨大な夜がやさしく息づいている。部屋の真ん中にもどると水差しの水を金だらいに空け、タオルをしめらせた。濡れたタオルで上半身と脚をこする。身体の水気を軽く拭き取り、折り目に虫が潜んでいないのを確かめてから服を着て、靴をはいた。緑色に塗られた階段を飛ぶように下りる。宿の入口で無口な片目の主人に出くわした。籐《とう》椅子に座った彼は、目を半ば閉じ、煙草を吸っていた。そしてしわがれた声で僕にたずねた。

「どこへ行くのかね」

「散歩だよ。ひどく暑いね」

「ふむ。だが店は全部閉まっとるよ。それに、ここは道に明かりがない。部屋にいる方がましだと思うが」

僕は肩をすくめ、「すぐ戻る」とつぶやくと、闇の世界に足を踏み入れた。初めのうちは何も見えなかった。石だたみの道を手さぐりで歩く。煙草に火をつける。突然、黒雲から月が出て、ところどころ崩れた白い塀を照らした。僕は塀のまばゆい白さに目が眩み、立ち止まった。風がそよいだ。タマリンドの香りのする空気を吸いこんだ。夜は樹々の葉と虫をはらんで震えていた。コオロギが背の高い草の陰で野営している。見上げると、空でも星が野営を開始していた。僕は宇宙とは巨大な信号のシステムであり、森羅万象の間で交わされる会話であると思った。僕の行為、コオロギの鳴き声、星のまたたきは、この会話の中にちりばめられた休止と音節にほかならなかった。僕が音節であるのはどんな言葉だろうか。その言葉を誰が誰に向かって話しているのだろう。舗道に煙草を放る。煙草は落ちるとき、このうえなく小さな彗星のように火花を散らしながら、光の曲線を描いた。

ゆっくりとした足取りで、長いこと歩いた。音節の僕を嬉々として発音している唇の間で、僕は自分が自由で確かな存在であることを感じていた。夜は瞳の園だった。道を横切るとき、誰かが戸口を離れる気がした。僕は振り返った。だが、何も見当たらなかった。足を速めた。しばらくすると、熱い石の上をゆくサンダルの響きのない音を感じた。僕は振り向きはしなかったが、影がひとつひたひたと近づいてくるのが分っていた。走ろうと思った。だができなかった。僕はつと立ち止まった。すると身構える間もなく、背中にナイフのきっ先が当たり、やさしい声がした。

「動かないで。さもないとズブリといくから」

僕は振り向かずにたずねた。

「何が望みだ?」

「あんたの目だよ」

穏やかな、恥ずかしげなといってもよさそうな声がした。

「僕の目だって? 何のために? そら、少しばかり金がある。多くはないが、ないよりましだ。僕を放してくれれば、持っているものを全部やろう。殺さないでくれ」

「こわがらなくても大丈夫。殺すつもりはないから。ただ目をもらうだけだよ」

僕はかさねてたずねた。

「どうして僕の目がほしいんだ?」

「恋人の気まぐれでね。青い目の花束が欲しいと言うんだ。このあたりに青い目をした者なんてほとんどいないもんだから」

「僕の目は役に立たないよ。青じゃなく黄色なんだ」

「ああ、嘘をつくんじゃない。あんたが青い目をしてることはちゃんと分ってるんだ」

「人の目玉なんか取るものじゃない。別のものをやろう」

「余計なことは言わなくていい」その声はかたくなだ。「こっちを向いて」

僕は振り返った。男は小柄できゃしゃだった。顔の半分はヤシの帽子で隠れ、右手には畑で使う山刀を持っていた。山刀は月明かりにかがやいた。

「顔を火で照らして」

僕はマッチを擦り、炎を顔に近づけた。まぶしさに目を細めた。男はがっしりした手で僕のまぶたをこじ開ける。だがよく見えなかったので、つま先立って、僕をじっと見つめた。指が焦げだしたので、僕はマッチの火を放り投げた。男はしばらく黙っていた。

「納得したね？　僕は青い目じゃない」

「ああ、あんたはずるい人間だね。さあ、もう一度火をつけて」

僕はふたたびマッチを擦ると、炎を目に近づけた。男は僕の袖をひっぱり、命令するように言った。

「ひざまずいて」

僕はひざまずいた。男は片手で髪の毛をつかみ、僕の頭を後ろに倒すと、体をこわばらせ、もどかしげに僕の上におおいかぶさった。山刀がゆっくりと下りてきて僕のまぶたに触れた。僕は目をつぶった。

「しっかり開けて」

と男は言った。

僕は目を開けた。小さな炎が僕のまつげを焦がした。すると突然、男は僕を放した。

「青じゃないんだ。悪かった」

そして男は消えた。僕は塀のそばの地面に肘をつき、両手で頭を抱えた。それから起き上がると、人気のない村を、何度もつまずいては転びながら一時間ほど走った。広場に着くと、宿の主人はまだ入口の前に座っていた。僕は口もきかずに中に入った。そして次の日、村から逃げ出した。

眠る前に

僕の裡にいるお前は、ある日偶然に見出され、みんなが無知な手でおずおずと触れてみる、別の時代の遺物のようだ。そのかけらは何を崇拝したのか、今は消え失せたどんな権力を司ったのか、時とともに滑稽になってしまったどんな怒りや呪いを担っているのか、そうでなければ、何人の死者たちを意味する暗号なのか？その存在は、とげとげしい否定から成り立つ僕たちの生活のささやかなシステム、二三の確信を守るために巡らされた城壁のようなシステムを脅かす危険な美しさ——どことなく恐ろしい美しさ——に満ちていると主張する良識の非難をよそに、いつのまにか僕たちの内側に深く入り込み、あらゆる関心を惹きつける中心におさまっている。それがお前なのだ。僕の胸に棲みつき、空気の鐘のように、音もなく考えや思い出や望みを追い払う。目に見えず、黙りこくったお前は、時おり外の世界を眺めようと僕の目から顔をのぞかせる。すると僕はお前が見つめるものたちに見られているような気がして、恥ずかしさと心もとなさとで身のすくむ思いがする。だけど、今からお前を、いいかい、今からお前を放り出し、僕はお前から永久に自由になるつもりだ。逃げようなどという気を起こさないほうがいい。逃げられやしない。動くな、動かないでくれ。動けばどんなことになるか、覚悟するがいい。じっとしているんだ。お前の虚ろな脈拍を聞き、お前の面貌のない顔が見たい。どこにいる？　隠れなくていい。怖がることはない。なぜ黙ってる？　大丈夫、何もしないから。今のはほんの冗談さ。分ったかい？　僕はときどき興奮する。気が短いから、思ったことを口に出し、あとで謝る羽目になる。そういう性格なんだ。そして人生もそうだ。お前は人生を知らない。いつだって閉じこもり、隠れてばかりいるお前に、いったい人生の何が分るというのだ？　そうやって分別ありげに振舞うのはたやすい。家の中では誰だって居心地が悪いはずはないのだから。だが街に出ればそうはいかない、お前に体当たりする者もいれば、にこやかに笑いかける者もいる、かと思えば盗むやつらだっている。みんな貪欲なんだ。ところで、お前が黙っているのは、僕を許してくれた証拠に違いないから、ひとつ質問させてほしい。きっとお前は、長い不在のあとでひとが同僚に返事をするように、きっぱりと単純に答えてくれるに違いない。不在という言葉が最適でないのはそのとおりだ。だが正直に言えば、お前の耐えがたい存在は、「不在の空しさ」とひとが呼ぶものに似ている。お前の存在の空しさ、空しいお前の存在！　僕はお前を見たこともなければ、感じたことも、声を聞いたこともない。どうして音も立てずにいるんだ？　どこか奥深くに、何時間もじっとうずくまったままだ。僕は口やかましくはないはずだ。お前に多くを求めてはいない。

ひとつの合図、ささやかなしるし、目の動きでもいい、それを与える者にとってはいともたやすく、それでいて受け取る者を喜びで満たす、そういう類のものが欲しいだけだ。抗議しているんじゃない、これはお願いだ。僕は自分の立場を受け入れ、自分がどこまで行き着けるのかをわきまえている。お前が一番強く、一番器用であることも認める。お前は悲しみの割れ目から、あるいは喜びの隙間から忍び込み、眠りを利用するかと思えば、眠らぬ夜を利用して、鏡と壁を、口づけと涙を利用するのだ。僕は自分がすでにお前の一部であることを知っている。死が訪れる日、お前は僕の傍らにいて、僕を譲り受けるはずだ。なぜそれまで長いこと待つ必要がある？　今から教えておこう。戦場での死、牢獄での死、殉教者の死を期待してはいけない。おそらくわずかな苦しみが、慣れ親しんだ恐怖と慎ましやかな錯乱とともにやってきて、遅すぎた啓示がむなしく訪れることになるだろう。聞こえているのか？　僕には見えない。お前はいつも顔を隠している。ひとつ秘密をうち明けよう——ほら、僕はお前を恨んじゃいないし、いつかお前がその馬鹿げた沈黙を破ると確信しているんだ——秘密というのは、僕が長い年月を生きてきたすえに……、もっとも、本当に生きたことなんて一度もなかったような気がする。逆に時間によって、あの尊大で容赦ない時間、決して立ち止まらず、たったひとつの合図さえ送ってよこさず、僕を無視し続けた時間によって、生きられたという気がする。たぶん僕はあまりにも臆病で、あいつの首根っこを押さえつけ、「僕だって存在してる」と言ってやる勇気がなかったのだ。ちょうど一介の役人が廊下で局長を呼び止めて、「お早うございます、私だって……」と言うように。しかしそう言いかけた男は、驚いて目を丸くしている相手を前に言葉に詰まる。たちまち自分のしていることの無意味さを悟るからだ。上司に言うべきことは何もない。そう、僕も同じだ。時間に向かって言うべきことは何もない。それに時間の方も僕に向かって言うべきことは何もない。さて、ずいぶん回り道をしてしまったが、お前に言おうとしていたことにはむしろ近づいたようだ。長い年月を生きてきたすえに——待て、あわてるんじゃない、逃げ出さずに最後まで聞くんだ——長い年月を生きてきたすえに、と僕は言った。誰に？　彼でなかったらいったい誰に僕の話ができるだろう？　実際のところ——僕は恥ずかしがらずに言うから、お前も赤くならなくていい——僕にはお前しかいない。お前だけだ。同情を誘おうとしているなんて思わないでくれ。今言ったことは本当なんだ。事実を確かめたにすぎない。じゃあお前には誰がいる？　僕がお前のものであるように、お前は誰かのものなのか？　それともこう訊いてやろうか。僕にお前がいるように、お前にも誰かがいるのか？　おや、顔色を変えて、黙ってしまったな。お前の驚く訳が僕には分る。お前が誰かのものであって、その誰かもさらに別の誰かのものであってと、この関係がかぎりなく続くかもしれないと考えて、僕も眠れぬ夜を過ごしたことがあるからだ。心配するな。僕はお前としか話さない。僕が言うのと同じことをたった今、お前が無口な第三者に言わないかぎりは、そしてその第三者がさらに……。いや、そうじゃない、もしもお前が他の存在だとしたら、僕は誰なんだろう？　もう一度訊こう、お前には誰がいる？　誰もいやしない、僕がいるだけだ。お前も独りなのだ。お前も孤独で燃えるような幼年時代を過ごし――すべての泉が話しかけ、すべての小鳥たちがお前の言うことに従った――、そして今……。話をさえぎらないでくれ。はじめから話そう。お前に出会ったとき――分ってる、お前が不思議がるのも無理はない、お前の言いたいことは想像がつく。実際のところ、僕はお前を知らない、見たこともない、お前が誰なのか知らないのだ。それは確かだ。かつてはお前のことを、両親や友達が僕たちの耳に一滴ずつ、ひとつの名前とひとつのモラルとともに注ぎ込んだ、あの野心なのだと思っていた。名前とモラル――それは不和のおかげで膨らみ、成長し、やがて誰かが小さなピンを持ってやってきて、膿のつまったその小さな袋を突いて破ることになるのだ。それから僕は、ある日世界を襲撃しに僕の頭から出ていったあの考えこそお前だと思った。さらにあとで、フアナやマリアやドローレスへの愛とお前とを混同した。あるいはフリアンやアグスティンやロドリーゴに対する信頼と取り違えた。その後、お前ははるか遠いもの、僕に先立つもの、もしかしたら生れる前の僕の生命ではないかと思った。だが、お前はただの人生にすぎなかった。あるいは、人生が退くときにぽっかり残る生温かい穴と言うべきかもしれない。お前は人生の思い出だった。そう考えたことでこうも思った。母は生命を育む母胎ではなく、あの閉じ込められていた十月十日のあいだ、墓であり最期の苦しみだったのだ、と。そんな考えを僕はどうにか振り払うことができた。だがちょっと考えてみたら、お前は思い出なんかじゃない、忘却でさえないということが分ってきた。つまりお前とは、僕がかつてそうであったものではなく、これからそうなるもの、現在なりつつあるものだという気がする。急き立てると、お前は逃げる。すると僕はお前を不在として感じる。結局のところ、僕はお前を知らない。一度も見たことがない。けれど僕は一度だって独りだと感じたことはない、お前がいないと感じたことはないのだ。だから、お前はあの言葉を――「お前に出会ったとき」と言ったのを覚えているだろうか？――ひとつの喩え、言葉のあやとしてでも認めるべきなのだ。いつでもお前がそばにいる、誰かが僕とともにいることは確かだ。で、とどのつまりが、お前はいったい誰なんだ？　これ以上隠れん坊を続けても無駄だ。このゲームは長すぎる。僕が今すぐ死ぬかもしれないのが分らないのか？　僕が死ねば、お前の人生は意味を失うだろう。僕はお前の人生であり、お前の人生の意味なのだ。それとも逆に、お前の方が僕の人生の意味なのか？　答えてくれ、何か言ってくれ。窓から放り出すと脅したから、まだ憎んでいるのか？　ちょっと挑発しただけなんだ。そうしたらお前は黙ってしまった。お前は臆病者だ。お前を侮辱したことを覚えているか？　そしてお前の上に吐いたことを？　それからあの破廉恥な年増女と寝て、自殺を口走った僕を、目を丸くして見ざるをえなかったのを覚えているか？　顔を見せろ。どこにいる？　ほんとうはそんなことはどうだっていい。僕は疲れている、それだけだ。眠りたい。まるで明け方の五時に、しわだらけになったベッドの上で瞼を腫らし、二十年前に始めた争いを蒸し返している夫婦みたいに続けている、この果てしない議論に、お前は疲れないのか。さあ寝よう。おやすみを言っておくれ。僕は礼儀知らずじゃない。お前は僕と生きる運命にある、そして少しでも辛抱しやすい人生にするために努力すべきなのだ。肩をすくめるんじゃない。黙っていたければそうするがいい。だけど僕から離れないでくれ。独りでいたくはないんだ。苦しみが減ってからの方が僕は惨めだ。幸せとはおそらく、人生という苦痛に満ちた潮のうねりに浮かぶ泡のようなもので、燃えるような絶頂期には僕たちの魂を覆いつくす。そして潮が引いた今、僕たちをあれほど苦しめたものはあとかたもない。ただお前が残っているだけだ。僕たちはふたりきり、お前はひとりだ。僕を見つめないでくれ。目を閉じてくれ、僕もこの目を閉じることができるように。目のないお前の眼差しに僕はいまだに慣れることができないのだ。

波との生活

海から上がろうとすると、すべての波のうちひとつだけが進み寄ってきた。ほっそりとして軽やかな波だった。他の波たちがひらひらする服をつかみ、大声で叫んで引き止めようとしたにもかかわらず、彼女は僕の腕につかまると、一緒に海から飛び出した。僕は彼女に何も言いたくなかった。仲間たちの前で恥をかかせるに忍びなかったからだ。それに年上の波たちの怒りに満ちた眼差しに、僕は身がすくんでしまったのだった。町に着くと、彼女に言ってきかせた。とても無理だ。都会生活は、君みたいな海から出たことのない波が考えるようなものじゃない。彼女は真顔で僕を見た。「まずい、彼女は心に決めていた。もう引き返せなかったんだ」僕は優しい言葉や厳しい言葉、皮肉まじりの言葉で言ってみた。すると彼女は泣き出し、喚き、僕を愛撫したり、脅したりした。僕は彼女に謝らなければならなかった。

次の日、僕は後悔し始めた。どうやって車掌や乗客や警官に見つからずに汽車に乗るのだ。波が鉄道を利用することについて、確かに規則には何もない。だが、そんなふうに保留にしてあることこそ、僕たちの行為が厳しく裁かれることの前触れだった。さんざん迷ったあげく、出発の一時間前に駅に行って汽車の座席に着くと、誰も見ていないときに、乗客用の飲み水の入ったタンクを空にした。それからその中へ僕のガールフレンドを注意深く注ぎ込んだ。

最初の事件が起きたのは、隣の夫婦の子供たちが、喉が渇いたと騒ぎ出したときだった。僕は子供たちの前に立ちはだかり、ソーダ入りの飲み物やレモネードをあげると約束した。彼らが受け入れかかったとき、喉の渇きを覚えた別の女性が近づいてきた。

そこで彼女にも飲み物をおごろうとしたところ、連れの男がにらんだので、僕は思い止まった。夫人は紙コップを手に取ると、タンクに近づき、蛇口をひねった。コップが半分ほど満たされたとき、僕は夫人とガールフレンドの間に急いで割って入った。夫人はびっくりして僕を見た。そこで彼女に詫びていると、今度は子供の一人が蛇口をひねった。僕は慌てて蛇口を閉めた。夫人はコップに口をつけた。

「まあ、この水、塩辛いわ」

男の子が同じことを言った。何人もの乗客が立ち上がった。彼女の夫は車掌を呼んだ。

「この男が水に塩を入れたんだ」

車掌は刑事を呼んだ。

「すると、あんたは水に何か物質を入れたんだ」

刑事は警官を呼んだ。

「すると、お前は水に毒を入れたんだな」

警官は巡査部長を呼んだ。

「すると、君は毒薬を入れた犯人だな」

巡査部長は三人の警官を呼んだ。こちらをじろじろ見たり、ひそひそやっている人々の間を通り、警官たちは僕を無人の車両に連れて行った。彼らは僕を次の駅で降ろし、背中を押してむりやり留置場に引き立てた。長々とした尋問のとき以外誰も僕に口をきかない日が何日も続いた。自分の立場を話しても、誰も信じてくれず、看守でさえ首を振ってこう言っただけだった。「そりゃ面倒だな、嘘じゃない。だって、あんたは子供たちを毒殺する気だったんだろう」

ある日の午後、僕は治安判事の前に立たされた。

「これは厄介な事件だ」判事も同じことを言った。「刑事裁判官に委ねよう」

こうして一年が過ぎた。そしてついに判決が下った。被害者がいなかったので、刑は軽かった。まもなく自由になる日がやってきた。

刑務所長が僕を呼んで言った。

「ほら、もう自由の身だぞ。君は運がよかったんだ。幸い被害がなかったからな。だが、もう二度としないことだ。次はただでは済まないからな……」

そして彼はみんなと同じ険しい目つきで僕を見た。

その日の午後、僕は汽車に乗り、何時間か辛い思いをしたのち、メキシコ市に着いた。汽車を降りるとタクシーを拾い、我が家に向かった。アパートの玄関に辿りつくと、笑い声と歌声が聞こえてきた。僕は胸が痛くなった。それは驚きが胸を襲い、その衝撃が波のように広がるときの感じだった。僕のガールフレンドがそこにいて、いつものように歌ったり笑ったりしていたのだ。

「どうやってここに着いた?」

「簡単よ、汽車で来たの。誰かが私を調べた結果、ただの塩水にすぎないことが分ると、機関車のタンクにぶちまけたの。めまぐるしい旅だった。いきなり白い蒸気に変り、たなびいたとたん、今度は小ぬか雨になって、機関車に降り注いだの。すごく瘦せたわ。水滴がたくさん消えたから」

彼女がいることで、僕の生活は変った。廊下は暗く、家具は埃だらけだった家が、風通しがよく、陽が差し込み、緑や青の光の影に満ち溢れるようになり、光がきらめき人の声がこだまする、賑やかで楽しい町のようになった。ひとつの波は無数の波でできていて、胴の部分、胸、泡を被った頭が、浜辺や岩や防波堤を作るさまときたら。埃が積もるままになっていた、目も当てられない部屋の隅々まで、彼女の軽やかな手が触れていく。するとあらゆるものが微笑み始め、至るところで白い歯が輝くのだった。太陽は嬉々として古い部屋に入り込み、他の家や地区、町、国からとっくに立ち去った後も、何時間も我が家に留まっていた。そして夜更けにこっそり出ていくのを、星たちが呆れ顔で見ていることもたびたびあった。

波との愛は遊戯であり、果てしない創造だった。すべてが浜辺、砂、常にさっぱりしたシーツを敷いた寝床。抱きしめると、彼女は信じ難いほど細くなって伸び上がり、水でできたポプラの若枝になる。その細い枝から突然白い羽根がほとばしり、笑いさざめく羽根飾りが僕の頭や背中に降りかかる。そして僕は全身真っ白になるのだ。ときには僕の前に水平線みたいに長々と寝そべる。すると僕も黙って水平線になる。今度は大きくうねりながら、音楽のように、巨大な唇のように、僕の身体を包み込む。彼女がいることは、愛撫やつぶやきや口づけが、寄せては返すので分るのだ。彼女の水の中に入って溺れかけ、目をつぶったその瞬間、僕の身体は持ち上がり、眩暈がするほど高いところでなぜか宙吊りになっている。それから石みたいに墜落したあげく、乾いたところへ羽根のようにふわりと着地する。水の中で揺られながら眠るのは格別で、波が何度も陽気に軽くたたいたり、繰り返しぶつかってきては笑いながら逃げていったりしなければ、僕は目を覚まさなかった。

ところが、彼女の中心には決して届かなかった。呻きと死の結び目に僕は一度も触れることができなかった。たぶん波にはないのだろう、女性を傷つきやすく死すべき存在にしているあの秘められた場所、押せば電気が走ってすべてが絡みつき、収縮し、突っ張り、やがて意識を失うあの小さなボタンが。すべての女性と同じく、彼女の感覚も波状に広がるのだが、その波は内に向かってではなく、外に向かい、次第に遠く離れていって、ついには他の天体にまで達してしまう。彼女を愛するのは、はるか彼方の何かに触れること、想像もつかないほど遠い星々とともに身を震わせることを意味した。けれど、彼女の中心は……、いや、中心ではなく、つむじ風みたいに真空があるだけで、その真空が僕を吸い込み、窒息させるのだった。

僕たちは隣り合って横になり、秘密を打ち明け合ったり、囁き合ったり、笑い合ったりした。彼女は身体を丸めると、僕の胸の上に落ちてきて、ざわめく植物のように広がった。貝殻に似た僕の耳のそばで、歌をうたった。小さなペットみたいにおとなしく、僕の足下に身を投げ出すときは慎ましく、身体が透き通った。あまりに透明なので、考えていることがすべて読めるほどだった。肌が燐光で覆われる夜もあり、そんなとき彼女を抱くと、炎の刺青をした夜のひとかけを抱く気がした。けれど、暗く不機嫌になるときもあった。不意に呻き出したり、ため息をついたり、身を捩《よじ》ったりする。その呻き声に隣人たちは目を覚まされた。その声が聞こえると、海風が家の扉を引っ搔いたり、屋上で激しく喚きたてたりした。曇りの日の彼女は苛立って、家具を壊し、汚い言葉をはき、僕を罵ったり、全身に灰色と緑の泡を浴びせ掛けたりした。唾をはき、さめざめと泣き、悪態をつき、予言の言葉を口走った。月や星、別の世界の光に支配されて、彼女は気分や見かけを変化させた。僕には幻想的に見えるその変化も、彼女にとっては潮の満ち干と同じく避け難いものにすぎなかった。

波は寂しさを嘆くようになった。僕は家中に巻貝や二枚貝を置き、小さな帆船を浮かべてやったけれど、怒り狂った日に、彼女は船を（毎晩、様々な像を積んで僕の頭から船出しては、ときに凄まじく、ときに優しい渦に呑み込まれて沈んだ他の船と一緒に）残らず沈めてしまった。あのころ、どれだけたくさんの小さな宝物が失われたことだろう。だけど、僕の船や巻貝の物静かな歌だけではまだ足りず、僕は家の中に魚の住処を作ってやらなければならなかった。実を言うと、魚たちが僕のガールフレンドの中を泳ぎ、彼女の胸を愛撫したり、脚の間で眠ったり、色とりどりの軽やかな閃光で彼女の髪を飾ったりするのを見ると、僕は嫉妬を覚えずにはいられなかった。

魚たちの中には、とりわけ不気味で荒々しく、大きな目玉を動かさず、裂けた口がいかにも獰猛そうな、小さな虎に似たのがいた。彼女がどうしてそんな連中と楽しそうに戯れるのかが、僕には分らなかったが、臆面もなく示すその偏愛ぶりの意味など知りたくもなかった。彼女はそのおぞましい生き物たちと一緒に閉じこもり、何時間も過ごすようになった。ある日、我慢できなくなった僕は、扉を壊し、魚どもに飛びかかった。けれど幽霊みたいに身軽なそいつらは、僕の手をすり抜けていき、彼女は大笑いしながら、僕を立てなくなるほど打ちのめした。僕は溺れかかっていた。そして顔が紫色に変わり、あと一歩で死ぬというときに、彼女は僕をそっと水辺に横たえ、口づけしながら、何やら囁いた。僕は疲れてぐったりし、屈辱感を味わっていた。しかし、その一方で、なんとも言えぬ快感に、思わず目を閉じた。なぜなら彼女が甘い声で、溺死するのは心地よいと語りかけていたからだ。我に返ると、僕は彼女を恐れ、そして憎むようになった。

僕は自分のことをすっかり疎かにしていた。そこで友人たちのもとを足繁く訪れるようになり、旧交を復活させた。あるとき、若いころのガールフレンドに出会った。彼女に秘密を守ることを約束させてから、波との生活のことを話してきかせた。女性にとって、自分がひとりの男を救えるかもしれないと考えることほど、心が動くことはない。僕の救いの主はありとあらゆる方法に訴えてくれた。けれど、身も心も限られた数しか備えていないひとりの女性に、常に変貌する――そして絶え間なく変身しながら常に同一の存在である――あの波を前にして、一体何ができただろう。

冬が来た。空は灰色に変り、町は霧に閉ざされ、細かい氷雨が降り注いでいた。僕の波は夜毎叫び声を上げた。昼間は陰険な様子で黙って家の中に引きこもり、部屋の片隅で繰言を言っている老婆みたいに、たったひとつの音節を絶えず繰り返していた。彼女の身体は冷たくなり、一緒に寝ると、僕は夜通し震え、血も骨も思考も次第に凍りつく気がした。彼女は深刻そうで、理解し難く、落ち着きがなかった。僕は頻繁に外出するようになり、家を空ける時間が長くなる一方だった。彼女は相変らず隅にいて、いつまでも唸り声を上げていた。そして鋼のように鋭い歯と、何もかも腐食させるその舌で、壁をかじり、ぼろぼろにした。幾晩も眠らず、僕に非難の言葉を浴びせた。悪夢にうなされたり、太陽と灼けつく浜辺恋しさに、うわ言を言うこともあった。北極の氷山になり、漆黒の夜空の下を何ヵ月も漂う夢を見た。波は僕を罵った。なじったかと思うと今度は笑い出した。家は彼女の笑い声と幻影に満ち溢れた。海の底から、盲目で愚鈍だが素早く動く怪物を呼び出した。電気を帯びて、触るものを片端から黒焦げにしたり、身体に酸を含み、あらゆるものを触れるそばから腐食させた。かつては柔らかかったその腕は、ざらざらのロープに変り、僕の首を締めつけた。そして緑色がかったしなやかな身体も、今は無慈悲な鞭となり、僕を繰り返し打ち据えた。僕はついに逃げ出した。するとおぞましい魚どもが、残忍な笑い声を上げた。

山に登った僕は、背の高い松の木立と絶壁に囲まれ、冷たく新鮮な空気を自由な思考のように胸に吸い込んだ。それからひと月が経ったころ、家に戻ってみた。僕は覚悟ができていた。家の中はひどく寒く、火の消えた大理石の暖炉の上に、氷の像が見つかった。けれど、彼女の美しさにはもはやうんざりしていたので、心は動かなかった。僕はその像を大きな木綿の袋に放り込むと、眠ったままの彼女を肩に担いで外に出た。そして郊外のレストランに行くと、顔なじみのウエイターに売り飛ばした。するとウエイターはたちまち小さく砕き、ボトルを冷やすバケツに氷のかけらを注意深く詰めだした。

正体不明の二人への手紙

お前の名前が何なのか、僕はまだ知らない。お前を何らかの方法で呼ぶと、僕をお前から引き離し、僕の名前を構成する音節の本質とお前との違いを認めることになりそうなほど、お前は僕の中にいる気がする。ところが、彼女の名前なら、知りすぎるほどよく知っているし、その名前が気づかないほど薄く、弾力性に富み、通り抜けることなど不可能な壁のように立ちはだかって、どれほど僕たちの間を隔てているかも知っている。

そんな言い方は混乱していると、お前は思うに違いない。だからむしろ、どんなふうにお前と知り合ったか、いかにしてお前の存在に気づいたか、なぜお前と彼女が同じであって同じでないと思うのか、それを説明しよう。

最初のことは思い出せない。お前は僕と一緒に生れたんだったか、それともその最初の出会いがあまりにも昔のことなので、僕の裡で熟成の時を経て、いつしか僕に同化してしまったのか？僕自身にすっかり溶け込んだお前を、お前以外の部分と区別したり、お前であることを思い出させたり、認めさせたりするものは何もない。けれど、ときに思考に通じる通路を遮る沈黙の壁が、また胃のあたりから頭に向かって昇ってくると、なだめようのない渇望、曲げようのない判決のごとくそこに居座る、命名不可能なあのうねり——真空のうねり——が、また僕の目の前でときおり口を開ける目に見えぬ深淵が、母体に備わる偉大な不在の口——あくびをして僕を飲み込み、嚥下し、そして吐き出すヴァギナ、時間へ、またしても時間へ！——が、また目という塔の高みから自分を見つめるたびに僕を引きずりおろすめまいと吐き気が、……つまり、僕とは真っ逆さまに落ちて行く不在以外の何ものでもないと教えるすべてのものが、お前の存在を啓示してくれた——それ以外にどう言い表せるだろう？——のだ。僕の中に棲んでいるお前は、精密な機械の上に滑り落ち、その進行を食い止めなければ機械を狂わせ、やがてすべての歯車を腐食してしまう、目に見えぬほど細かい砂粒に似ている。

二度目はこうだった。ある日、お前は、小さな桟橋で微笑みながらお前を待っている、背が高く金髪で、白い服を着た女に会いに、僕の身体を離れて出かけた。黒光りする木の桟橋と女の足下に水がじゃれついていたのを思い出す。マストが林立し、帆がはためき、小舟がひしめいていた。そして無数の海鳥が甲高い声を上げていた。僕はお前のあとを追い、見知らぬ女に近づいた。すると彼女は何も言わずに僕の手をとった。一緒に人気のない浜辺をそぞろ歩くうちに、二人は岩場に辿り着いた。海はまどろんでいた。僕はそこで歌をうたい、踊りをおどった。そして今はもう忘れてしまった言葉で悪態をついた。初め彼女は笑った。それから泣き出し、やがて逃げ去った。自然が僕の挑戦に気づかないはずはなかった。海が拳で僕を威嚇すれば、太陽は僕に対して直線を描きながら沈んでいった。星座が髪を逆立てた僕の頭にその鋭い爪を立てると、僕は燃え出した。すると秩序が回復した。太陽は元の位置に戻り、世界はひどく寂しくなった。彼女は岩場で僕の灰を探したが、そこは野生の鳥が小さな卵を産みつける場所だった。

その日から、僕は彼女のあとを追い始めた(今思えば、本当はお前を探していたのだ)。何年も経ってから、別の国で、寺院の高い赤壁を食いつくそうとする黄昏を背に、急ぎ足で歩いていたとき、僕はふたたび彼女を見かけた。呼び止めてはみたものの、彼女は僕を覚えていなかった。彼女に気づかれない方法で、僕は首尾よく彼女の影になった。それ以来、僕は彼女から離れたことがない。何年にもわたり、残忍な時が過ぎ去ってゆく中で、僕は二人がはじめて出会ったときのことを必死に彼女の記憶に甦らせようとした。お前が僕から離れて彼女の中に棲みついた方法や、一緒に浜辺を散歩したこと、そして僕のとんでもない軽はずみについても細かく話してきかせたが、無駄だった。かつてお前が僕から忘れられていたように、彼女にとって僕は忘れられた存在だった。

お前を忘れ、お前を思い出すために、お前から逃れ、お前を追いかけるために僕は人生を費やした。今、僕は、幼い頃、雨上がりのあの庭の水たまりにお前を見つけたときと少しも変らぬ孤独の中にいる。そして青春時代のある日の午後、廃墟で、二つに割れた雲の間にいるお前を眺めたときと少しも変らぬ孤独の中に。しかし僕は、もはや僕自身の無限の中に落ち込むことはない。落ち込むとすれば、それは他の身体、拡大しては収縮し、僕を貪るかと思えば僕を無視する二つの目、脈打つ暗い裂け目、新しい傷口のように貪欲な生きた珊瑚の中、僕がその上で身体を失う身体、終りなき身体の中なのだ。いつか落ち込むことが終るとき、墜落の裏側から、僕は生の世界に顔をのぞかせるだろう。本物の生、夜でも昼でもない、時間でも非時間でもない、不動でも運動でもない生、生がたぎる生、純粋な躍動に。だが、ことによると、それらすべては、古くからの死の呼び名なのかもしれない。その死は僕とともに生れ、他の身体に棲むために僕から去っていったのだ。

驚異の意志

ドン・ペドロは、三時きっかりに僕たちのテーブルにやってくると、そこにいたひとりひとりに挨拶し、何やら独り言を言いながらそっと席につく。コーヒーを注文し、煙草に火を点けると、みんなの話に耳を傾け、コーヒーをすすったあと、ウエイトレスに代金を払い、帽子を取り、書類カバンを持ち、みんなにお先に失礼と声をかけ、そして立ち去る。毎日がこの繰り返しだった。席についたり立ち上がったりするとき、ドン・ペドロは、真面目くさった顔をして、厳しい目つきで何をつぶやいていたのか？彼はこう言っていた。

「くたばりやがれ」

ドン・ペドロはこの文句を日に何度も口にした。まずベッドから起き上がるとき、朝の身繕いを終えるとき、家を出るとき、入るとき――午前八時、午後一時、二時半、七時十五分――、カフェで、事務所で、毎度の食事の前と後、そして毎晩床に就くときに、これを繰り返すのだ。口の中でぶつぶつ言うこともあれば、大声で言うこともあり、ひとりの場合もあれば、誰かと一緒の場合もあった。ときには目で語るだけのこともあったけれど、常に全霊をこめることに変りはなかった。

いったい誰にその言葉を浴びせているのかは誰も知らなかった。その憎しみの原因も、皆目見当がつかなかった。その問題に立ち入ろうとすると、ドン・ペドロはくだらないとでもいうように首を振り、つつましく黙り込む。おそらくいわれのない憎しみ、純粋な憎悪だったのだろう。だが、まさにその感情を糧とすることで、彼は真摯な生活を送り、過ごした年月を威厳で満たしていたのだ。黒い服に身を包んだ彼の姿は、まるで死の呪いを掛けた相手のためにあらかじめ喪に服しているように見えた。

ある日の午後、ドン・ペドロはいつにも増して厳しい表情でやってきた。ゆっくりと席につくと、彼を見て静まり返ったその場に一石を投じるようにあっさり言った。

「ついに殺してやった」

いったい誰を、どうやって？　ある者は冗談ですませようとして、微笑んでみせた。だがドン・ペドロの視線を浴びて真顔に戻った。僕たちは全員気まずい気分を味わった。それはまちがいない、そこに死がぽっかり口を開けている気がしたのだ。集まった人々は少しずつ去っていった。さいごにひとり残ったドン・ペドロは、かつてないほど真面目な顔をしていた。どことなく精気のないところは燃え尽きた星を思わせたが、もはや心残りはないというような穏やかな表情をしていた。

翌日、彼は現れなかった。その後も二度と姿を見せなかった。死んでしまったのか？　だとすれば、生きる糧だったあの憎しみが消えてしまったのだろう。あるいはまだ生きていて、今もほかの誰かを憎んでいるのかもしれない。僕は自分の行いを振り返ってみる。君もそうするといい。あの近眼の小さな目をした人間の、押し殺したしつこい怒りの餌食にならないように気をつけたまえ。あのドン・ペドロと同じ目で君を見つめている人間――それは君の身近にいる人間かもしれない――が何人いるのか、これまで考えたことが果たしてあるだろうか?

書記の幻想

そしてまだ残っている目の前の白紙を片っ端から埋めながら、いつもの単調な問いをつぶやく――仕事は何時に終るんだ。いくつもの待合室、様々な嘆願書、策略、そして門衛、当直、大臣、次官、その代理との交渉。影響力のある人物を遠くからちらっと見やり、毎年欠かさず自分の名刺を送る。どこかの片隅で、決然とゆるぎなく、辛抱強く、自分の生き方にあまり強い確信はないけれど、僕もまた自分の出番を待っていることを、僕も存在していることを思い出させる――相手は?――ために。もういやだ、こんなポストなんか捨ててしまおう。

もちろん、その気になれば、ひとつの考え、習慣、執念に腰を据えられるのは分ってる。でなけりゃ、燠のような痛み、もしくはありふれた希望の上に身を横たえ、あまり大騒ぎをせず、そこでじっと待ち受ける。たしかに、それも悪くない。実際僕は、飲み、食い、眠り、肉欲の罪を犯し、守るべき祝祭日は守り、夏になれば海辺に出かける。みんなは僕を好いてくれるし、僕もみんなが好きだ。僕は自分の状況と苦もなく折り合いをつけている。病気、不眠、悪夢、束の間の息抜き、死の観念、心臓や肝臓を突っつく小さな虫（脳にその卵を産みつけ、夜になるともっとも深い眠りに穴を開ける虫）、そして今日――決して時間にまにあわず、賭けにはいつも負ける――を犠牲にして成り立つ明日とだって。いやちがう。配給カードも、身分証明書も、生存者権証明書も、個人調書も、パスポートも、コード番号も、証紙も、信任状も、通行許可証も、記章も、そして入れ墨も蹄鉄も、すべておさらばだ。

僕の目の前には世界が広がる。大人たちと子供たちとその中間のものたちの広大な世界。諸国の王と大統領と看守たちの宇宙。清朝の官僚とインドの賤民の、解放者と解放奴隷の、裁判官と証人と既決囚の宇宙。一等星、二等星、三等星、そして光度nの星たち、惑星、彗星、流浪する風変りな天体、あるいは精緻な落下の法則である重力の法則に従順な、規則正しい天体。これらすべてはある一定のリズムを刻みつつ、あるものはゆっくりとあるものはめまぐるしく、不在のまわりを巡っている。中心の太陽、太陽という存在、または人間のあらゆる眼差しでできた熱い光の束があるとかつて言われた場所には、穴がただひとつあいているだけだ、いや、それは穴ですらない。それは死んだ魚の目、自らの上に落ち、見つめられることなく自らを見つめる目の、目眩いを感じさせる空虚だ。そしてその旋風の中心の空洞を満たすものは何もない。ぜんまいは弾け、土台は崩れた。星と星、体と体、人と人を結びつけていたあの絆は、目に見えるものであれ見えないものであれ、今や針金と刺のもつれ、僕たちをねじりあげ、嚙み砕き、唾を吐きかけ、そしてまた噛み砕く、鋭い足の爪と歯の絡み合った塊にほかならない。物理の法則という紐で首をくくるものなどいない。方程式は休むことなく自らの上に落下し続ける。

そこで、今何をなすべきか、今そのものをどうすべきかだが、僕には従うべき主人はいない。僕は手を洗わない。しかし僕は裁判官でも、検察側の証人でも、執行人でもない。拷問や尋問を行わず、尋問に苦しむこともない。自分の刑を声高に懇願せず、助かりたいとも、誰かを助けたいとも思わない。僕自身が行わないすべてのこと、人がしてくれるすべてのことに対して、僕は許しを乞わず、誰をも許さない。慈悲は正義と同じくらい卑劣だ。僕は無罪だろうか？　有罪だ。僕は有罪だろうか？　無罪だ。（僕が有罪のとき、僕は無実であり、僕が無罪のとき、僕は罪深い。僕が有罪なのは……だがこれは別の話だ。別の話？　あらゆる話はひとつの話だ。）無実の有罪であろうと、罪深き無罪であろうと、実際のところ、僕はこの仕事を辞めるのだ。

思い出すのは愛したこと、議論したこと、そして様々な友情だ。何もかもが思い出せ、あらゆることが目に浮かび、みんなの姿が見えてくる。憂鬱だが、郷愁は感じない。まして希望などかけらすらない。思い出が決して死なないことを僕はすでに知っている。それにもし僕たちが何ものかであるとしたら、僕たちは何かの希望であることも。僕の猶予期間はもう切れている。「しかしながら」や「まだ」や「にもかかわらず」を、モラトリアムや弁解や免罪を僕は放棄する。モラルが仕掛ける様々な罠の仕組みと、ある種の言葉の催眠効果を僕は知っている。石と思考と数字で作られた、これらのあらゆる建造物への信頼を僕は失った。僕は僕のポストを譲る。ひびの入ったこの塔をもはや守らない。そして静かに事件を待つだけだ。

凍てつく風が吹くだろう。寒波がきたと新聞は伝えるだろう。人々は肩をすくめ、普段と変らぬ生活を営み続ける。冬の最初の死者は例年の数をほんの少しだけ上回り、統計係は誰もその余分なゼロに気づかないだろう。しかし時が経ち、みんなは顔を見合せて、こう訊くだろう。いったいどうしたんだ、と。なぜなら何ヵ月もの間あらゆる扉と窓は震え、家具と木々は軋んで悲鳴をあげるからだ。何年もの間、骨の髄は小刻みにおののき、歯はかちかち鳴り、寒気がして鳥肌が立つだろう。何年もの間、煙突と預言者と上司が咆え続けるだろう。腐った池でまどろむ霧は街へ散歩にやってくるだろう。正午になると、曖昧な薄日の下で、小さなつむじ風が、蠅にまで見捨てられた屠場の乾いた血の臭いを運んでくるだろう。

出かけようと家にいようと無駄だ。触知できないものに対して城壁を築いたところで意味がない。口がすべての火を消し、疑いがあらゆる決定を根こそぎ覆すだろう。〈それ〉が例外なく、すべての場所に存在するだろう。〈それ〉はあらゆる鏡を曇らせるだろう。壁と確信、十分温もった衣服と魂とを通り抜け、ひとりひとりの核心のうちに落ち着くだろう。身体と身体の間では笛のような音を立て、魂と魂の間ではうずくまるようにして。そしてあらゆる傷口は開くだろう。少し冷たくはあるものの、経験を積んだ優しい手が触れるとき、傷と膿疱を刺激し、吹き出物と腫れを破裂させ、きれいに癒着しなかった古傷を引っ掻くことになるからだ。ああ、決して尽きることのない血の泉よ！　命はひとつのナイフ、素早く、切れ味鋭い、正確でしかも自由奔放なその灰色の刃は、落ち、切り裂き、引き離す。亀裂を入れる、引き裂く、解体する、そんな動詞たちが僕たちに逆らって大股でやってくる！

来たるべきものの混乱の中で光るのは、剣ではない。それはサーベルではなく、恐れと鞭だ。僕はすでに僕たちの中にあるものについて語っている。あらゆる場所におののきとひそやかな声が、ささやきが、言いかけた言葉がある。あらゆる場所で小さなつむじ風、かすかな風が起こり、空中でほどけるたびに巨大なガレー船をそそのかす。身体に紫の判を捺されたものはすでにたくさんいる。小さなつむじ風が過去の草原から巻き起こり、僕たちの時代に駆け足で近づいてくる。

難業

あのころ僕は、衝動と後悔の間、前進と後退の間で生きていた。何というせめぎ合い！　欲望と恐怖が前へ後ろへ、左へ右へ、上へ下へと引き合っていた。引き合う力があまりにも強かったので、僕は身動きできなくなった。水源を岩でせき止められた奔流のように、何年もの間、じっと轡《くつわ》を噛んでいた。泡をふき、足をばたつかせ、竿立ちになり、首筋の血管はちぎれそうにふくれあがった。緩めようとしても、手綱は緩まなかった。僕はついに力尽き、地面に身を投げ出してしまう。それでも鞭と拍車が僕を飛び上がらせるのだった。はいどう、前へ進め！

何より不思議なのは、自分で自分を縛りつけていたことだ。自分を解き放つことができず、かといって自分の中に留まることもできなかった。拍車が掛かると、馬銜《はみ》が動きを抑える。じれったさのあまり、僕のはらわたはみじんに刻まれ潰された真っ赤な肉の切れ端と化し、顔はひきつったままになった。前進と後退のせめぎ合いから生じる沸き立つ不動の只中で、僕はロープであって岩であり、鞭であって手綱なのだった。

自分の中に閉じこもった僕は、何かをすれば殴りつけられ、何もしないとまた殴りつけられるという有様で、恐怖に怯えては熱に浮かされながら、自らの存在の中に身を横たえるのだった。そんなふうにして僕は何年も生きた。髪は伸び放題で、そのもつれた茂みの中に僕は埋もれてしまった。茂みの中では、好戦的で貪欲な無数の小さな虫たちの大部隊がそろって野営した。互いに殺し合いないときには、僕が餌食になった。僕は彼らの戦場となり、戦利品ともなった。彼らは僕の耳に陣取り、腋の下を包囲し、股のつけねまで撤退し、瞼を壊滅させ、額を真っ黒にした。僕は絶えずうごめく褐色の生きたマントで覆われた。足の爪も伸び続け、鼠がいなかったらどこまで届いたか分らない。ときには、無謀にも近寄ってきた生き物を適当に捕まえ、その肉を生のまま自分の口――包囲する虫があまりにも多く、開けることもままならなかったが――に放り込んだ。

こんな暮しを続けていたら、いかにたくましい肉体――残念ながら僕には備わっていなかった――でも損なわれていただろう。だが、しばらくすると、おそらく僕の放つ悪臭のせいで、近所の連中が見つけてくれた。彼らは手を触れようとせず、僕の親戚や友人たちを呼んだ。家族会議が開かれた。僕は自由にしてもらえなかった。そのかわりひとりの教育者に任せられることになった。彼は僕に自分の主人になる術を、自分から自由になる術を教えてくれるはずだった。

僕はおとなしく、猛特訓を受けた。先生は重みのある声を響かせて、何時間にもわたり訓練を施した。規則正しい間隔で鞭が唸っては、空中に見えないZを描き、僕の皮膚に細長いSをいくつも残した。僕は舌を垂らし、目は虚ろ、筋肉をわななかせながら、休みなく早足で輪を描いて駆け回り、火の輪を飛んでくぐり抜け、四角い木の箱を上り下りした。先生は実に優雅に鞭を振るった。疲れを知らず、満足することも知らなかった。傍目には、彼の教え方の厳しさは度が過ぎるように見えたかもしれない。でも僕は、彼の情け容赦のない献身ぶりに感謝し、それに報いようと懸命だった。僕はそうした感謝の念を控え目にかつ細やかに、慎み深くかつ心をこめて示そうとした。血だらけになりながら、しかし目には感謝の涙を浮かべ、僕は鞭のリズムに合せて夜も昼も駆け続けた。ときには、痛みよりも激しい疲れに倒れてしまうこともある。すると、彼は埃っぽい空気の中を鞭の音を響かせながら寄ってきて、優しい調子で「さあ、立つんだ」と言うと、小さな短剣で僕の脇腹を軽く突いた。そして、傷の痛みと励ましの言葉に促され、僕はまた勢いよく駆け出すのだった。僕はますます熱心に教えを受けるようになった。自分の先生が誇らしく、また――もう言わずにおく必要はない――自分の熱心な態度が誇らしかった。驚きに加え、矛盾さえもが教育システムの一部をなしていた。

ある日、僕は予告もなしに連れ出された。いきなり人前に立たされたのだ。はじめは光と観客に目がくらみ、訳もなく恐かった。幸い先生が近くにいて、自信と勇気を与えてくれた。いつもより心なしか昂ぶった彼の声を耳にし、耳に馴染んだ陽気な鞭の音を聞くと、平常心を取り戻し、気後れもどこかへ吹き飛んだ。僕は落ち着きはらい、それまでに苦労して教わったことを繰り返してみせた。はじめのうちはおずおずと、それから次第に自信に満ちて、跳びはね、踊り、おじぎをし、微笑み、そしてもう一度跳びはねた。すると満場の喝采を浴びた。僕は感動を覚えながら挨拶した。得意になった僕は、その場にふさわしい言葉をいくつか披露してみた。それはあらかじめ慎重に用意しておいたものだったけれど、いかにもそこで思いついたかのようにさりげなく言った。

すると受けに受け、ご婦人方の中には親愛の情をこめて僕を見つめる者もいた。喝采が一段と高まり、僕はもう一度礼を述べた。有頂天になった僕は両手を広げ、跳びはねながら前方に向かって走った。感激のあまりみんなを抱き締めたくなったのだ。一番近くにいた人々が後ろに下がった。たいへんな失態を演じてしまったらしいとおぼろげに直感し、立ち止まらなくてはいけないと思った。だがもう遅すぎた。ひとりの愛くるしい女の子のそばまで行ったとき、恥じ入った先生が、先が真っ赤に焼けた鉄棒を振り上げ、僕の勝手な行動を叱った。火傷の痛みに僕は呻き声をあげ、かっとなって振り向いた。先生はピストルを取り出すと上に向けて射った(彼の冷静さと自制心はたしかに驚くべきものだった。一瞬たりとも微笑みを絶やさなかったのだから)。大混乱の中で、僕の中で何かひらめくものがあった。自分の過ちを悟ったのだ。痛みをこらえ、恥じ入り、気落ちし、口ごもりながら言い訳した。深々と頭を下げ、姿を消した。足の力は抜け、頭は燃えるように熱かった。観客の声が戸口まで僕を追いかけてきた。

その後のことや輝かしいものになりかけた経歴がいかにしてたちまち色褪せたかということを思い出したところで仕方がない。僕の運命は暗く、生活は厳しいけれど、行動にはある種の精神的な安定が生れた。何年もの間、あの忌まわしい夜の出来事の記憶が絶えず甦ってきた。困惑、先生の微笑、初めての成功、愚かしくも虚栄心に酔ったこと、そして最後の屈辱。熱気と希望に満ちていた修業時代のことは、片時も僕から離れない。寝ずの夜、息をつまらせる埃、鞭の唸り、先生の声。そんなことが残された唯一の思い出であり、退屈を紛らせてくれる唯一のものなのだ。確かに僕は人生の勝利者になれなかったし、必要に迫られたときに限るが、隠れ家を出るときは仮面をつける。それでも、独りきりになり、嫉妬や恨みがその恐ろしい顔をのぞかせるとき、あの頃の思い出が僕を慰め、和ませてくれる。教育の恩恵は生きている限り続き、ときにはこの世の彼方まで続くのだ。

急ぐ

身体の動きは鈍く、はれぼったい目に、突き出たお腹、まるで洞窟から出てきたばかりのように見えるけれど、僕は決して立ち止まらない。急いでいるのだ。これまでもずっと急いでいた。頭の中では昼も夜も蜂が羽音をたてている。僕は朝から夜へ、眠りから目覚めへ、喧騒から孤独へ、そして暁から黄昏へと一気に駆け抜ける。四つの季節がそれぞれ豊かな食卓を用意してくれたところで、無駄に過ぎない。夜明けのカナリアの激しいさえずり、夏の川のように美しい寝台、あの乙女も秋の終りに涸れ果てるその涙も意味がない。真昼とその水晶の茎、真昼の光を濾過する緑の葉、真昼の光を拒む石も、真昼の光が刻みつける影も、役立ちはしない。その種の充実したものは、すべて僕を急き立てる。僕は進み、飛び、身をよじり、転げまわり、出ては入り、覗き、音楽を聴き、身体を掻きむしり、瞑想し、独り言をつぶやき、呪い、服を着替え、過去の自分に別れを告げるが、未来の自分になかなか辿り着けずにいる。何も僕を留めることはできない。急いでいるのだ、さあ、出発だ。でも、どこへ？　分らない。僕には何も分らない——ただひとつ、僕が自分のいるべき場所にいないということ以外には。

目を開けたその瞬間から気がついていた、僕の場所は今いるこじゃない、今いないところ、これまで一度もいたことのないところにこそあるのだと。どこかに空っぽの場所があり、その空ろはいつか僕で満たされることになる。空ろの中に入り込むと、知らないうちに滲み出る僕で満ち溢れ、ついにそれは泉か噴水になる。そして僕の空虚、今の僕そのものである空虚は、それ自身で満たされ、縁から存在が溢れそうになるだろう。

そうなるために僕は急ぐ、僕を追い、僕の場所を追い、僕の空ろを追い求めて走る。誰が僕にその場所をとっておいたのだろう？　僕の運命は何という名前なんだろう？　僕を駆り立てるのは誰で、何なのか？　自分が自分になるために、僕が僕になるために、僕の到着を待ち受けているのは誰で、何なのか？　分らない、僕は急ぐだけだ。たとえ自分の椅子から動かず、ベッドから起き上がらないとしても。たとえ自分の檻の中をぐるぐる回っているだけだとしても。ひとつの名前、身振り、時計の針の音に釘づけになりながら、僕は急ぎ、また急ぐ。この家も、この友人たちも、これらの国々も、これらの手も、この口も、前触れもなく僕の知らないどこからか剝がれ落ち、僕の心に宿ったこのイメージを形作るこれらの文字も、僕の場所ではない。僕の居場所はここでもなければあそこでもない。

僕を支えるすべて、僕が自分を支えながら維持しているすべてのものは、鉄条網と壁に他ならない。急ぐ僕は、何もかも飛び越して行く。この身体は僕に自分の肉体を差し出し、この海はそのお腹から七つの波、七つの裸体、七つの微笑み、七つの白波を取り出す。僕は礼を述べて立ち去る。そう、散歩はとても楽しかったし、会話はためになった。時間はまだ早く、上演は終っていないけれど、結末を見届けるつもりはまるでない。残念だ。でも僕は急いでいる。このせわしなさから自由になりたくて仕方がない。寝たり起きたりするたびに、さようなら、僕は急いでいるのです、と言わずに済むように、僕はひたすら急いでいるのだ。

出会い

家に着き、扉を開けようとしたとたん、僕が出て行くのが見えた。僕は面喰らったけれど、僕の後をつけてみることにした。その見知らぬ男――よく考えた上でこう書くのだが――は建物の階段を下り、出入口を通り抜け、表に出た。僕は追いつこうと足を速めたが、彼の方も同じリズムで歩調を速めたので、二人の距離はちっとも縮まらなかった。しばらく歩いてから、彼は小さな酒場の前で立ち止まり、赤い扉を押して中へ消えた。ほどなく僕は、カウンターの、彼の隣の席にいた。飲み物を適当に注文すると、棚に並んだボトルや鏡、擦り切れた絨毯、黄色いテーブル、ひそひそやっているカップルを横目で観察した。それからいきなり向きを変え、男をまじまじと見つめてやった。彼はうろたえ、顔を赤らめた。男を見つめながら、僕は頭の中で(彼には僕の考えが伝わるに違いないと思って)こう考えていた。「こんなことをされては困る。あんたが来たのは少し後だった。僕は先にいたんだ。似ていることは言い訳にならないぞ。問題は似ていることじゃなく、入れ替わったことだ。とにかく、あんた自身から説明してもらおうじゃないか……」

彼は薄笑いを浮かべていた。僕の考えていることが伝わっていないみたいだった。彼は隣の男と喋り始めた。僕は怒りをこらえると、彼の肩に軽く手を置き、問い詰めた。

「僕を無視するつもりか。とぼけるんじゃない」

「申し訳ありませんが、あなたを存じ上げないようです」

向こうが混乱しているのに乗じて、僕は一気に仮面をはぎ取ってやろうと考えた。

「男らしくしたらどうだ。自分のすることには責任を持つことだ。だいいち、こんな場違いなところに現れるなんて、もってのほかだ……」

突然、彼は僕の言葉をさえぎった。

「あなたは勘違いしている。何をおっしゃりたいのかさっぱり分りません」

すると、常連のひとりが口をはさんだ。

「何かの間違いですよ。それに他人に向かってその態度はないでしょう。この人ならよく知っていますが、そんなことのできる人じゃない……」

彼は満足気に微笑んだ。そして大胆にも僕の肩を叩いて、こう言った。

「妙な話ですが、あなたとは前に会ったことがあるような気がします。でも、どこでだったか思い出せない」

彼は僕に、幼いころのことや生れた場所、その他僕の生活について細々と質問した。しかしだめだった。どんなに話しても、僕が誰なのか思い出せないようだった。僕は仕方なく微笑んだ。するとみんなに好感を持たれた。僕たちは何杯か酒を飲んだ。彼は情のこもった眼で僕を見つめた。

「あなたはこの辺りの人間じゃない、そのことを否定する必要はありません。でも、これからは私が守ってあげますよ。このメキシコ市が、首都連邦区がどんなところか教えてあげましょう!」

彼の落ち着きぶりは人の神経を逆撫でした。僕は彼の襟元をつかむと乱暴に揺さぶりながら、ほとんど泣かんばかりに叫んだ。

「本当に僕を知らないのか? 僕が誰だか知らないのか?」

彼は僕を突き飛ばした。

「馬鹿げた作り話はもうたくさんだ。人を困らせるのも喧嘩を売るのもよしてくれ」

みんなが不愉快そうな顔で僕を見た。僕は立ち上がると、みんなに向かってこう言った。

「事情を説明します。この男はみなさんを騙しています。僕になりすましているんです……」

「だったら、あんたは頭の狂った大馬鹿者だ」彼が叫んだ。

僕は彼に飛び掛かった。ところが運悪く足を滑らせた。カウンターにつかまって立とうとしたとき、彼は僕の顔面に拳骨を食らわせた。彼は口もきかず、怒りをこめて僕を殴り続けた。そのとき店の主が割って入った。

「もうそのくらいにしときな、こいつは酔っ払ってるんだ」

二人は引き離された。僕は高々と担ぎ上げられ、表に放り出された。

「今度現れたら、警察を呼ぶぞ」

服はずたずたに裂け、唇は腫れ上がり、口の中はからからに乾いていた。唾を吐くのが一苦労だった。身体中が痛かった。しばらくの間、動かずにいて、様子をうかがっていた。石ころか何か武器になりそうなものを探した。だが何もなかった。店の中では人々が笑い、歌っていた。するとさきほどのカップルが出てきた。女は僕をじろじろ眺め、いきなり笑い出した。僕は人の世界から追い出されたような孤独を味わった。怒りのあとに恥ずかしさがこみ上げてきた。やめよう、家に帰り、つぎの機会を待つのが一番だ。僕はとぼとぼ歩き出した。道々ひとつの疑問が頭をもたげ、それを考えるといまだに眠れなくなる。彼でなく、僕の方が偽者だったなら……?

天使の首

みんなとその部屋に入ったとたん、暑さで息苦しくなった、まるで死者たちの中にいるみたいだった、あんな部屋に独りでいたら、壁に掛かっている絵という絵に見つめられる気がして不安になるし、それに恥ずかしくてたまらないと思う、まるで死者がみんな生きている墓地へ入り込むか、自分が生きたまま死者になった感じ、そこにある何世紀も前の絵や品々のことをあなたに話せないのが残念、どれもこれもが完成したてに見えるのには驚かされる、人よりも物のほうが長持ちするのはどうしてなのか、絵を描いた人たちはもはや影さえ残っていないのに、絵のほうは何事もなかったかのようにそこにあるなんて、殉教者の絵や首を刎ねられる聖女や子供の絵に素晴らしいのがあった、だけどあまり見事に描いてあるので、かわいそうな気がせず、感心してしまう、花の赤、真っ青な空、雲、小川、木々、極彩色の衣装、どれも色が鮮やかで本物みたい、中にとても印象深い絵があった、それを見るのはちょうど鏡に映った自分を見るような感じがするし、泉をのぞき込み、自分が木の葉や枝の間に映っているのを見るような感じもする、見ているうちに私はいつのまにか、赤、緑、黄色、青の服をまとい、剣や斧や槍や旗を持つ人々がいる風景の中に入り込んでしまった、そして洞穴のそばで祈りを上げていた髭の隠者と話し始める、鳥に似た鹿、カラス、ライオン、おとなしいトラ、隠者のところへやってくる動物たちと遊ぶのはとても愉快だった、それから草原を進んでいくと、突然モーロ人に捕まって、松の木みたいに先の尖った高い建物のある広場に引き立てられた、彼らは私を血祭りに上げた、私の身体から血が噴水のように噴き出たけれど、あまり痛くなかったし、怖くもなかった、なぜなら神様が空から私をご覧になっていた上に、天使たちが私の血を器で受けていたから、モーロ人が私を苛んでいる間、私のほうはとても優雅なご婦人たちを見て楽しんでいた、彼女たちは私が犠牲になるのをバルコニーから眺め、笑ったり、内輪の話をしたりしていて、私の身に起きていることなどどうでもよさそうだった、それに誰も彼もが素知らぬ顔をしていた、はるか彼方に二頭の牛を使って畑をのんびり耕している農夫とそばで飛び跳ねている犬がいる風景が見えた、空には鳥が群れ飛んでいて、緑と赤の服を着た猟師が何人かいた、そのとき矢に射抜かれた鳥が一羽落ちてきた、白い羽根と赤い血の滴が降ってきたけれど、誰一人憐れむ者はいなかった。私は鳥がかわいそうで泣き出した、するとモーロ人が白光りする新月刀で私の首を刎ねた、首から血がほとばしり、真っ赤な滝みたいに地面に流れ落ちると、地面から小さな赤い花が数限りなく咲き出した、奇蹟が起きたのだ、やがてみんないなくなり、野原に独りきりになった私は、来る日も来る日も血を流し続け、花に血をやった、するとまた奇蹟が起き、血が止まらないうちに天使がひとりやってきて、私の首を胴体にくっつけてくれた、ところが急いでそうしたものだから、後ろ前にくっつけてしまった、おかげで私は歩くのに苦労した、後ろ向きに歩くのはとてもくたびれる、歩くと後ろ向きに進むので、逆に後退りしてその風景から抜け出すと、メキシコに戻り、私の家の裏庭に入った、そこは陽がさんさんと降り注ぎ、埃っぽかった、中庭には何枚かの洗い立ての広いシーツが所狭しと干してあり、女中たちがやってきては、乾いたシーツを畳んでいった、それは大きな雲の塊に見えた、緑濃い牧場には赤い花が一面に咲き乱れ、それを見たママは聖女様の血の色だと言ったので、私は思わず吹き出し、私こそ聖女なのだと言ってから、モーロ人に血祭りにされた件について話してあげた、するとママは怒りだし、なんてことだろう、うちの娘にはもう首がないんだわ、と言った、その言葉を聞いて、私はとても悲しくなり、お仕置きの場所になっていた、部屋の暗い隅に行き、誰も私の言うことを信じてくれないのが癪で、唇を噛みしめた、そしてママも女中たちも死ねばいいと思いながら壁にもたれていると、いきなり壁が開き、私は水の涸れた川のほとりに立つピルー樹の根方にいた、大きな石が陽を浴びて輝き、トカゲが一匹首を伸ばして私を見つめてから、突然走り出し、どこかへ隠れてしまった、地面を見るとまた私の首無しの身体があり、傷はふさがりかけていたけれど、まだ血が一筋流れ落ちていて、土埃の上に小さな池ができていた、私は悲しくなり、血溜まりにたかるハエを追い払うと、犬に舐められないように土をかぶせた、それから私は首を捜しにかかったものの、見つからなかったので、泣くことさえできなかった、あたりには人が誰もいなかったから、私は果てしなく広がる黄色い大地を、首を求めて歩き出し、ついに日干し煉瓦の小屋に辿り着くと、そこに住んでいるインディオが出てきたので、慈悲と思って水を少し恵んでほしいと言うと、その年老いた小柄なインディオは、相手がキリスト教徒じゃ断れないと言って、赤い壺に入った水をくれた、とても冷えた水だったけれど、首のない私には飲むことができなかった、するとインディオは、気を落とさなくていいよ、ここに余分の首があるからと言って、扉のそばに置いてあったいくつかの背負い籠から、自分が集めた首を取り出した、けれど、大きすぎたり小さすぎたりで合うのがなかったし、年を取った男女のはどれもこれも気に入らなかった、あれこれ試していたら、しまいに腹が立ってきて、首をひとつ残らず蹴飛ばすと、インディオが、そう怒りなさんな、一緒に町へ行って、あんたに合うのを切り取ってこよう、と言ったので、私はすっかり有頂天になった、インディオが家から薪を割るのに使う大きな斧を取ってくると、私たちは歩き出し、巡り巡って町に着いた、すると広場に少女がいて、お葬式のときみたいに黒い服を着た男たちに血祭りに上げられるところだった、男のひとりが五月五日の対仏軍戦勝記念日のときのように演説の文章を読み上げ、メキシコの国旗がたくさんはためき、あずまやではマーチが演奏され、市が立つ日みたいに落花生や野菜のヒカマ、サトウキビ、ココヤシ、スイカがあちこちに山積みになっていて、男の演説を聞いている一群の人々以外は、みんな売り買いにかまけていた、その一方で、兵士たちが少女を責め苛んでいる、その一切を天上の神様は小さな穴からご覧になっていた、そして少女は実に平然としていた、インディオが人ごみを掻き分けて進み出たのはそのときだ、彼は人々が油断しているすきに少女の首を刎ね、私の胴体にのせてくれた、首は胴体とぴったり合い、私は喜びのあまり飛びあがった、なぜならインディオは天使だったからだ、誰も彼もが私を見ていた、そこで私は人々が拍手喝采する中を飛び跳ねながらその場を後にした、そして私の家の庭に独りきりになったとき、ちょっぴり悲しくなった、首を刎ねられた少女のことを思い出したからだ。どうか彼女も別の少女の首を刎ねて、私みたいに首が戻りますように。

鷲か太陽か？

子供のいる庭

僕は手探りで入っていく。いくつもの廊下、ホテルの部屋に通じるドア、一つの感嘆に通じるドア、都会の荒地に通じるドアがある。そして欠伸と自棄に挟まれて、お前は無傷のままそこにある、数多の死に囲まれた緑、今宵、正装した庭よ。背の高い日干し煉瓦の壁の間の無分別だが明晰な夢、幾何学と錯乱。松の木立のある広場、僕の子供時代の八人の証人は、決して姿勢を変えず、衣装も替えず、常に黙って立っている。内戦で建築を中断されたあの別棟の石の山、メランコリーと蜥蜴に愛される場所。恐ろしげな虫が潜んでいる。秘密を孕んだ草叢の熱く柔らかな緑。無花果の樹とそれにまつわる伝説の数々。対照的なのは、白いランプをつけたダチュラと、その向かいの、真昼に赤い宝石が燃える燭台、石榴の木。マルメロはそのしなやかな枝で、朝の空気から嘆きをもぎ取る。純白の壁にはブーゲンビリアの豪華なワインの染み。聖なる場所、忌まわしい場所、モノローグのための一隅、ある日の午後は孤児となり、ある朝は讃歌をうたい、垣間見えた栄光を分かち合ったあの日は押し黙っていた。

見上げれば、枝葉の茂みにあいたいくつもの空の穴と緑の十字路の間で、夕暮れが透明な剣で闘っている。雨上がりの地面と鼻を突くにおいと生きいきした草を僕は踏む。静けさが立ち上がり、僕にたずねる。けれど僕は前進し、記憶の中心に立つ。未来を孕んだ空気を長々と吸う。すると未来の波が、征服の噂が、発見そして未知のものの不意打ちを可能にする突然の空隙がやってくる。歯と歯のすきまで口笛を吹く。僕の口笛は、澄みきった時間の中で、陽気な鞭となり、翼を目覚めさせ、預言たちを飛び立たせる。そして僕は見るのだ、はるか向こうで凄まじい中断を繰り返しつつ、この別れの言葉を苦労して書いている、背中を丸めたワイシャツ姿の男のところまで、預言たちが飛んでいくのを。

夜の散策

夜はその身体から時間を一つ、そしてもう一つ抜き出す。どれもが異なり、しかも厳かだ。葡萄、無花果、緩慢な暗黒の甘い雫。噴水、身体。廃墟の庭の石の間で、風がピアノを弾く。灯台は首を伸ばし、回転し、灯を消し、叫ぶ。一つの思考が曇らすガラス、柔らかさ、誘い、おお、夜よ、世界の中心で生長する樹から剝がれた、光り輝く広大な葉よ。

そして、散策を始めると、幻に出会う、触れると枯葉の山に変ってしまう少女、自分の顔をもぎ取り、顔の無いままお前をじっと見つめる見知らぬ男、悲鳴の先端でくるくる回る踊り子、誰だ？　お前は何者だ？　ここはどこだ？　という声、小鳥たちの騒ぎのように進んでいく娘、真っ二つに割れた一篇の詩のように空に向かって開かれた、未完の思考の破壊された塔……。違う、どれもお前が待っている女、眠る女、眠りの奥底でお前を待ち受ける女ではない。

そして、散策を始めると、緑が尽きて、石ばかりになる。何も無い、お前は砂漠に与えられるものを何も持っていない、一滴の水も、一滴の血も。お前は目をふさいだまま進む、廊下を、広場を、三つのみすぼらしい星が陰謀を企む路地を。川が小声で話す。お前の前後左右で卑しいささやきと笑い声が聞こえる。一歩進むごとに独白がお前を待ち受ける、感嘆とともに、口づけの途中のさいだがなくてはならないもの、嘆きの粉砕器、割れた鏡の目録とともに。歩き続けろ、お前には自分に語るべきことは何も無い。

エララバン

めかしこんだ怪物どもが、自分の主義の頂から僕に微笑みかける。トルコ石の青の羽根で覆われた婦人が僕の脇腹を突っつく。別の紳士たちは刃の無い武器で僕を当惑させる。繁茂しすぎた会話の枝葉の中で琥珀の嘴みたいにきらっと光るシンタックスが欠けているばかりではない、飛び出してきたところを、ナンセンスのかけらをやりながら、尻尾をつかんで引き留めようとしても引き留められない語句も不足している。僕はポケットに手を差し入れ、微笑や、異論、同意を探してみるが、見つからない。たくさんのガラクタの中から突然、昔お前が発明し、今なお生きいきとしている言葉をひとつ取り出す。瞬間が、光の松かさ、緑の冠毛のように輝く。

エララバン、ある日の午後空中に放たれた音節たち、ガラスの夏の最中にできた孤島の星座よ！　そこでは言葉は美しい透明な事物を生むことから成り立ち、会話は贈り物の交換、互いに相手のために作られた未知の二人の幸福な出会い、やがて行為に結晶するイメージたちの稀有の湧出。木の葉と岩の間を流れる水の母音からなる言葉、財宝に満ちた潮。黒い草むらの間の、通りかかるすべての者の手が届くところに、燐光を放ついくつもの指輪が、一握りの汚れのない塩に似た自らを吸い込んだ白さが、二つの和音の間に休止を入れる振動する物質そのものでできた張り詰めた言葉が、ある。そこでは遭難者は友人を忘れ、祖国、母国語を忘れる。だが、もしも彼が憂鬱そうに波打ち際を歩いているところを誰かが見つけたなら、彼は直ちに港に連れて行かれ、舌を切られ、自らの土地へ返される。島民は、熱病が築いた氷の城を記憶のレプラがすべて解体してしまうことを恐れるからだ。

エララバン、夜の波の頂で輝く音節たち、一世紀前に閉じられた窓を開ける風の殴打、予期せぬものの岸辺で未聞の竪琴を奏でる指たち。

僕は手足を縛られたまま、僕の対話の相手たち、大した儀式も行わずに僕を貪り食う人食い人種のところへ戻る。

出発

幾度となく徹宵を繰り返し、三段論法をさんざんかじり、多くの廃墟と荒れ果てた理性に住んだあげく、僕は空中に飛び出す。僕は接触を求める。そしてその飛び板から、目を開けたまま、真っ逆さまに身を投げる。どこへ向かって？　井戸、鏡、糞に向かって。（おお、美よ、人を拒む生硬な輝きよ！）違う、落ちる、他の瞳の中へ落ちる。瞳の水、黄色い川、緑の川、ああ、果てしなく落ちていく、半透明の瞳の中へ、突撃ラッパを待ちながら向き合う二つの槍の森のような、二つの睫毛の列の間に……。僕は川下へ落ちていき、闇の中に戻るのだ。愛する人よ、閉じてくれ、おぞましい無意味がぎっしり詰まったその瞳を閉じてくれ。なぜならそれは、血液の循環の停止を命じる役人、夜の歯を引き抜く歯科医、女教師、尼僧、司祭、大統領、警官だから。密林が自らを閉ざし、その磁力を帯びた中心へ通じる道を消し去るごとく瞳を閉じて、君の魂の入口に押し寄せ君の戦場を虐げる、数多の記憶の通路を閉ざせ。

愛する人よ、来てほしい、夜の庭へ稲妻を刈り取りに来てほしい。この青い火花の束をつかみ、僕たちの親がのこした唯一の遺産であるこの石化した時の魂から、いくつかの白熱した時間を、僕と一緒に取り出すために、君に来てほしい。君は夜の鳥の首に巻きついた陽光の首飾り。内なる瞳の空で二人の翼を広げよう、双頭の鷲、ダイヤモンドと呻き声の長い裾を引いた彗星を。燃えるのだ、八つの腕を持つ燭台よ、歌をうたう生きた木、絡み合った根、もつれた枝、珊瑚と熾の小鳥たちが鳴く杯よ。何もかも、自分のものでありながら、もはや別の存在となる。

そして僕は、美しい言葉、愛の言葉の重さを、この今という秤にかける。ここであともう一つだけ言葉があれば、僕たちは時の向こう側に潜ることができるだろう。

平原

蟻の巣が爆発する。開いた傷口は沸騰し、泡立ち、膨張し、収縮する。この時間、顔を真っ赤にし、こめかみの膨れ上がった太陽は、決まって血を撒き散らす。少年は――思春期の曲がり角でいくつかの熱病と良識の問題が待ち受けていることも知らず――表皮を剝いだ蟻の巣の入口に、注意深く小石を置く。太陽は平原の丸い背中に槍を突き立て、ゴミの山を挫く。鞘から抜かれた輝き、空き缶――屑のピラミッドの天辺にそそり立つ――の煌きが、空間のありとあらゆる点を突き刺す。宝物を探す子供たちと、主のいない犬どもが、ゴミ捨て場の黄色い輝きを引っ掻き回す。そこから三〇〇メートルのところにあるサン・ロレンソ教会の正午のミサの鐘が鳴る。教会の中の右の祭壇に、青と薔薇色に塗られた聖人像がある。その左目から湧き出した、翅が灰色の虫の群れが、丸屋根の方へ直線を描いて飛んで行き、勢いを失って落下する、太陽の手に触れた甲冑どもの静かな壊滅。工場の塔のサイレンが鳴る。切断された男根たち。黒い衣装をまとった一羽の鳥が空で輪を描いてから、平原でたった一本生きている木に止まる。それから……それからはない。僕は前進する、はるか昔からある大きな岩を、目の詰まった大きな光の塊を貫いて進む、砂の鉱山の坑道を下り、花崗岩の唇のように閉ざす通路を突き抜ける。そして平原に戻る、いつも正午、留められた風景にいつもと同じ陽射しが降り注ぐ平原に。十二の鐘は鳴り終らず、蠅の羽音は鳴り止まず、過ぎることのないこの時間が砕け散ることもない。それはただ燃えるだけで、決して過ぎては行かないのだ。

呪詛

今夜、僕は呪文を使って、あらゆる潜在力に呼び掛けた。だが誰もやって来なかった。僕は街を歩き、広場を巡り、戸口でたずね、鏡を丸めてくしゃくしゃにした。僕の影は逃げ出し、思い出も僕から去っていった。

(記憶とは、僕たちが思い出す何かではなく、僕たちに思い出させる何かだ。記憶とは決して過ぎ去ることの無い現在。そいつは機を窺い、不意に煙の手で僕たちを捕まえたが最後決して放さず、僕たちの血の中に滑り込む。するとそれまでの僕たちが中に残り、僕たちは外へ追い出されてしまう。はるか昔のある日の午後、学校を出るときに、僕は自分の魂に唾を吐きかけた、そして今、僕の魂は忌まわしい場所、小さな広場、トネリコ、黄土色の壁、自分の魂に唾を吐きかける果てしない午後。尽きることのない、修復不可能な現在が、僕たちに住みついている。石をぶつけられたあの男の子、魅惑的な割れ目に似たあの女性器、鳥の軍勢を率いて太陽を攻撃しようとするあの少年、通行人を貪り食おうと前屈みになった、あの恐竜の華奢な頭を持つほっそりした起重機が、いつか僕を僕から追い出し、僕の中に住みつき、僕を生きるのだ。だが今夜ではない。）

錆だらけのナイフで夜の皮膚の上に記号と名前を何のために彫り付けるのか？　朝の最初の波がすべての石碑を消し去るだろう。今ごろ誰を招き寄せ、誰に向かって悪魔祓いの言葉を浴びせようというのか？　上にも、下にも、誰もいない、扉の陰にも、隣の部屋にも、家の外にも。誰もいない、誰もいたことがない、これからだって誰もいないだろう。僕はいない。そしてもう一人、考える僕は、今夜、僕のことを考えてはいない。もう一人のこと、自分のことを考えている。砂と恐怖の海が僕を囲む、蜘蛛みたいな植物が僕を被う、蜥蜴が割れた石の間を歩くように、僕は自分の中を彷徨う、歴史の無い瓦礫と煉瓦の塊。時の水はこのひび割れた空洞にゆっくりと滴り落ちる、この洞穴でありとあらゆる凍えた言葉が腐っていく。

大文字

夜明けの鶏冠が金切り声とともに燃え上がる。最初の卵、最初の啄み、斬首と悦び！　羽が舞い上がり、翼が広がり、帆が膨らみ、櫂が曙光に浸かる。ああ、手綱のない光、棹立ちになった最初の光よ。倒壊した水晶が突如山から襲いかかり、鼓膜をつんざくティンパニーが僕の頭の中で炸裂する。

まだなんの味もせず、なんの匂いもしない夜明け、まだ名前をもたず、まだ顔もない少女。彼女はやってきて、前に進み、ためらい、郊外へと向かう。そして目を開ける噂たちの行列を後に残すと、彼女自身の中へ姿を消す。やがて昼間がその怒り狂った大きな足で、小さな星を踏み潰す。

黒曜石の蝶*

私は兄弟を殺され、子供たち、叔父や叔母たちも殺された。テスココ湖の辺で私は泣き出した。ペニョンの丘から硝石のつむじ風が立ち上り、私をそっと抱き寄せて、大聖堂の中庭にかくまってくれた。私はあまりに小さく、あまりに灰色になっていたので、多くの人が埃の山と取り違えたほどだった。そうだ、火打石と星の母なる私、稲妻を纏ったこの私は、今、小鳥が木苺の茂みに残した青い羽。かつては胸を高く突き出し、くるくる回って踊ったものだった、回って回ってついに静かになる、すると私から木の葉や花や木の実が飛び出すのだ。お腹では鷲が鼓動していた。私は夢見るとき子をもうける山、炎の家、中で人を煮て人を作る必要不可欠の鍋だった。首を刎ねられた言葉たちの夜、私は姉妹と手をつなぎ、破壊されたアルファベットの中で唯一立っていた塔、Iのまわりで飛び跳ねたり歌ったりしたものだった。私は自分の歌をまだ覚えている。

緑の茂みの中で歌うのは
喉が金色の光
光、首を刎ねられた光。

みんなが私たちに言った、真っ直ぐな小道は決して冬に行きつかないと。なのに今、私の両手は震え、言葉は口からぶら下がっている。私は小さな椅子とほんの少し陽射しがほしい。かつて時間はどれも私が吐く息から生れ、私の匕首の先で一瞬踊ったかと思うと、私の鏡の輝く扉から消えていったものだった。私は入れ墨をした正午、裸の夜半、夜明けの草叢で歌う小さな翡

翠の虫、死者たちを呼び出す土の小夜鳴き鳥だった。私は陽光の滝に打たれ、私のきらめきに浸かり、私自身を浴びた。私は夜の暗雲を切り裂き、驟雨の扉を開ける火打石だった。私は南の空に炎の庭、血潮の園を作った。そこに植えた珊瑚の枝は今も恋人たちの額をこする。そこでは愛は、空間の只中で二つの隕石の出会いであり、火花を散らす口づけを生もうと互いに擦れ合う石の執拗さではない。

夜はどれも刺が絶えず貫き続ける瞼。そして決して終らない昼は、砕け散って銅貨となり、自分の数を数え続ける。私は塵の中に撒き散らされたたくさんの石の玉に飽きた。私はこの果てしない独りトランプに飽きた。蠍の母親は幸せだ、なぜなら子供たちを食べてしまうから。蜘蛛は幸せだ。蛇は幸せだ、なぜなら衣を着替えるから。自分自身を飲み込む水は幸せだ。これらのイメージに私が貪り食われなくなるのはいつなのか？　それらの荒涼とした瞳たちの中へ私が落下しなくなるのはいつ？

私は独りぼっちの落ちた者、時間の穂から剝がれた玉蜀黍の粒。私を銃弾に斃れた者たちの間に播いてほしい。そうすれば私は隊長の眼から生れるだろう。私に雨を、私に陽光を与えてほしい。そうすればあなたの身体で耕された私の身体は、一粒播くと百粒収穫できる畑になるだろう。私を一年の向こう側で待っていてほしい。そうすれば秋の岸辺に横たわる稲妻みたいな私を見つけるだろう。私の草の胸に触って。私のお腹、生贄を捧げる石に口づけて。私のお臍でつむじ風は治まる。私は踊りを操る不動の中心。燃えて、私の中に落ちなさい。私は骨の苦痛を癒せる生石灰の穴。私の唇で死になさい。私の眼から生れなさい。私の身体からイメージたちは生れる。その水を飲み、生れるときに忘れたことを思い出しなさい。私は癒えない傷、小さな太陽の石。私に触ると、世界が燃え上がる。

私の涙の首飾りを受け取って。光が幸福な治世を開始する、時間のあちら側で私はあなたを待っている。そこでは敵同士の双子、指の間から逃げ失せる水と自尊心に凝り固まった王のような氷が和解する。あなたはそこで、私の身体を二つに割って、自分の運命を読み取るだろう。

＊原注——イツパパロトルを指すが、この女神はときに母神テテオイナンやトナツィンと混同される。これらの女神はすべて一六世紀に始まるグアダルーペの聖母信仰と融合することになった。

無花果の樹

ミスコアック、火傷した唇の村では、一年の変化を示すものといえば無花果の樹があるだけだった。その樹は、六ヵ月のあいだは音を立てる緑の服をまとい、あとの六ヵ月は夏の陽射しで焼け焦げた無残な姿をさらしていた。

四つの壁(北には未知のガラス、創造すべき風景、南にはずたずたになった記憶、東には鏡、西には堅牢な沈黙)に囲まれて、僕は返事のないメッセージを書いては、署名もせずに破り捨てていた。残酷な思春期。大人になりたいと望む、ところがその大人はもはや窮屈すぎる身体には収まりきらず、僕たち子供を絞め殺すのだ。(おまけに、何年も経つと、僕がなりかけていても決してそうはならない男が、その中でかつて僕が僕だった袋に潜り込み、僕の所在を破壊して、袋を空にする、そして富を浪費し、死と取引する。）けれどそんなとき、無花果の樹が僕の独房までやってきて、窓のガラスをしつこく叩き、僕を呼ぶ。そこで僕は外に出て、無花果の繁みの真ん中に入り込むのだった。小鳥たちが訪れるまどろみ、バッタの翅の振動、充実を滴らせる果実のはらわた。穏やかな日には、無花果の樹は硬い翡翠のカラベル船となり、春の潮に緑色をはねかけられた黒い壁に舫われて、かすかに揺れる。だが、三月の風が吹けば、緑の帆を膨らませ、光と雲の間をぬって進んだ。僕は天辺までよじ登る。すると大きな葉っぱの間から突き出した僕の頭を小鳥たちがつつき、予言の冠をかぶせる。無花果の葉の手相から僕の運命を読み取る！　僕はお前に約束する、いくつもの闘い、そして身体のない生き物の一人きりの大闘争を。僕はお前に約束する、闘牛の午後と角の一突きと大喝采を。僕はお前に約束する、友人たちの合唱、暴君の失墜、地平線の倒壊を。僕はお前に約束する、追放と砂漠、渇きと岩を真っ二つに裂く稲妻を。僕はお前に約束する、水の噴出を。僕はお前に約束する、創傷と唇、一つの身体と一つの幻を。僕はお前に約束する、トルコ石色の河を航行する小型船団、旗と岸辺の自由な村を。僕はお前に約束する、二つの巨大な眸を、その光の下で、疲れた樹木よ、お前は身を横たえるのだ。

僕はお前に約束する、斧と犂、麦の穂と歌を、僕はお前に約束する、大きな雲、眸のための石切り場、そしてこれから作るための世界を。

今日、無花果の樹が僕の扉を叩き、僕を誘う。僕は斧をつかむべきか、それともこの狂った相手と踊りに出かけるべきか?

向こう見ずな音符

度胸のいい音符のお前は、雪と翼の国を進む。星々がナイフを研ぎ澄ませている絶壁と頂の間を、ビロードのように滑らかな尻尾の低音のつぶやきを伴って、お前はどこへ向かうのだ？　黒い鳥よ、お前の嘴は岩にひびを入れる。お前の喪に服した帝国は、鉄と向日葵、石と鳥、火と苔の間の不確かな境界を見せかけのものにする。ガラスの首の光は二つに割れ、お前の黒い甲冑に無傷の冷たさがちりばめられる。お前はもはや透明性の中にいて、自分の白さの中で溺れた白鳥よ、お前の白い冠毛は千の場所で同時になびく。お前は頂に止まり、閃光を突き刺す。それからお前は身を屈め、噴火口の凍った唇に口づけをする。爆発の中で破裂する時が来たのだ。だがその爆発は、空の長い傷以外に痕を残さない。
やがてお前は音楽の廊下を渡り、金管楽器の行列の中に姿を消す。

上流社会

お前はガラスの森に住んでいる。薄い唇の海、午前五時の海が、お前の眠りの戸口できらめく。お前の瞳が海に触れるとき、その金属的な背中は鎧の墓地のように輝く。海はお前の足下に、剣、短い槍、長い槍、石弓、短剣を積み上げる。お前のまわりにはきらきら光る軟体動物がいて、生きた宝石のプランテーションがある。お前の寝室には目玉の水槽がある。お前はたった一つのきらめきでできたベッドで寝る。お前の領土には交差した眼差しがいくつもある。お前の領域にはただ一つじっと見つめる眼差しがある。お前に至る道のそれぞれに、裏のない問い、一本の斧、曖昧だが無垢な標識、火の入った盃、たった一つの切り傷であるもう一つの問い、大量の豪華な粘着物、絡み合った致命的暗示の繁みがある。お前の蜘蛛の巣のベッドで、お前は塩の布告を読み上げる。お前は明晰さを使い、冷たい武器を上手に操る。秋になると、お前はサロンに戻る。

空中の城

ブランカとフェルナンド・デ・シスロに

ときおり、午後になると、風変りな存在たちが僕の前に立ちはだかる。それらに触れさえすれば、皮膚も、目も、衝動も替えられる。そこで僕は大胆にも、滅多に訪れない小道に足を踏み入れる。右側には入り込めない物質の巨大な塊があり、左側には牙が連なっている。僕は山を登る、幼い頃から僕たちを脅かすと同時に惹きつけ、いずれ僕たちが立ち向かわなければならないあの固定観念を、人が這い上がるように。大きな岩の頂に建つ城は、たった一つの稲妻でできている。斧みたいに細く単純で、屹立し、燃え上がるその城は、明らかに切り裂くつもりで谷に向かって進む。

一つの部分だけでできている城よ、反論できぬ溶岩の命題よ！人は中で歌うのだろうか？人は愛するのか、それとも首を刎ねるのか？颪は僕の額に轟音を寄せ集め、雷《いかずち》は僕の鼓膜にその玉座を据える。我が家に戻る前に、僕は割れ目に咲く小さな花を摘み取る、稲妻に焦がされた黒い花を。

古い詩

執拗な記憶をお供に従え、僕は音楽の階段を大股で上る。上に行くと、水晶の鶏冠の上で光がその服を脱ぐ。入口では、二つの噴水が直立し、おしゃべりな冠毛を傾けて僕に挨拶してから、同意の印に呟いて消える。中に入ると偽善的な華やかさに出くわし、肖像画を飾った部屋で、僕の知っている誰かが、一八七〇年に始めたトランプの一人占いをやっている、僕のことを忘れてしまった誰かが、まだ生れていない友人に手紙を書いている。いくつもの扉、くすくす笑う声、静かな足音、囁き、喪を告げる太鼓の連打に合せて血が進む廊下。奥に最後の部屋があり、石油ランプの仄かな光が見える。光は自分を相手に何かを論じ、教化し、言い争っている。光は僕に言う、誰も来ない、待つのは止めろ、もう十字を切って眠りにつく時間だ、と。僕は自分の人生のページを空しく繰ってみる。僕の顔が僕の顔からはずれて、音の無い腐った果実みたいに僕の上に落ちる。音一つ、呻き一つ聞こえない。すると突然、明かりの中にぼんやりと、古い塔が浮かび上がる、昨日と明日、二つの深淵のはざまにそそり立つ細身。知っている階段、摩滅した一段一段には見覚えがある、激しい眩暈が襲う。僕はここで泣いた、僕はここで歌った。ここにある石でお前を作ったのだ、熱く混乱した言葉の塔、崩れた文字の堆積よ。だめだ。そうしたければお前はここに残り、かつてのお前を反芻しろ。僕の方はここを出て、今の僕に、すでに僕になり始めた僕に、僕の末裔にして祖先、僕の父と息子、僕に似ていて似ていない者に会いに行く。人は死を迎える場所で開始する。僕は僕の誕生へと向かうのだ。

ある詩人

ロレ・ベロンとクロード・ロワに

「音楽にパン、ミルクにワイン、愛に夢、これらはすべて無料だ。愛し合う敵同士の死を招く激しい抱擁。傷のひとつひとつが泉となる。友人たちは自分の武器を十分に研ぎ、最後の対話、生涯続く死を賭しての対話に備える。絡み合う恋人たち、天体と肉体の結合は、夜を渡る。人は人の糧となる。知ることは夢見ること、夢見ることは行うことに他ならない。詩情はすべての詩に火をつける。言葉は尽きた、イメージは尽きた。名前と事物の距離が消えるとき、名づけることは創造すること、そして想像することは生れることとなる。」

「とりあえず、大きな鍬を取り、理論を立て、精密になることだ。自分の代価を払い、自分の賃金を受け取るのだ。暇なときには腹がはちきれるまで草を食め。広大な新聞の牧草地があるのだから。さもなくば毎晩、舌を政治で腫れ上がらせ、カフェのテーブルに倒れ込め、そして黙るか身振りで話せ。どちらも同じことなのだから、どこかにお前の刑罰がすでに用意してある。不名誉か絞首台に通じていない出口はない。お前の見る夢は明瞭すぎる。お前に必要なのは強靱な哲学だ。」

幻

これらの文字がまばゆい鳥となって飛翔する。見知らぬ女、太陽の競争相手が、真昼間に夜明けを迎え、詩篇の白と黒の中に飛び込む。彼女は僕の驚きの繁みの中で鳴く。見捨てられた岩に額をもたせかける光の非情な柔らかさで、僕の胸に留まる。翼を広げ、そして歌う。彼女の口は、意味のない言葉が溢れ出る鳩小屋、自分から水が湧き出ることに幻惑された泉、存在の仰天した白さとなる。やがて彼女は消える。

僕が闇の中に逃げ込む川となるとき、お前は垣間見えた無垢を橋の欄干で歌う。あの高いところで、お前は何の実を啄むのだ？どの木のどの枝で、高みの歌をうたうのだ？

ウアステカ族の貴婦人

岸辺を歩く健やかな裸は、水浴を終えたばかり、夜から生れたばかり。胸には夏からもぎ取った宝石が二つ燃えている。しなやかな草が性器を覆っている。黒と見まごうその青い草は火口の縁から生え出したものだ。彼女のお腹では一羽の鷲が翼を広げ、敵対する二派の旗が絡み合い、水が憩う。彼女ははるか彼方の、湿った国からやってきた。彼女を見た者はあまりいない。だから僕が教えよう、彼女の秘密を。昼は道端の石だが、夜は男の脇を流れる川となるのだ。

自然な存在

ルフィーノ・タマヨに

I

青はそのマントを広げ、滝を拡張し、深さ、炎が作った透明さを露わにする。怒りの羽毛あるいは歓びの房、幻惑、常に適切できっぱりとした、予期せぬ決断、緑はユーモアを集め、自らの茂みで煌く冷たい叫びを、叫ぶ前に十分に嚙む。数限りなく存在し、大段階的に変化する非情な灰色は、掛け値なしに刃物を振るい、大胆不敵にラッパを吹きつつ、道を切り開いて進む。それは薔薇色そして紅蓮の炎の色と隣り合せている。その肩では火事の幾何学が憩う。炎にも被害を受けず、密林にも被害を受けることのない

それは刺であり、円柱であり、水銀である。

隅で三日月が燃えている。それはもはや宝石ではなく、自らの内なる太陽によって熟す果物だ。三日月は光を照射する。それはあらゆる者の母親の子宮、各人の妻の子宮、浜辺に置き去りにされて歌う薔薇色の巻貝の殻、夜の鷲。そして下を見れば、独りで歌うギターの隣に水晶の短剣、蜂鳥の羽根、そして疲れを知らず自分の内臓をかじる時計があり、生れたばかりのオブジェたちと、「最初」からテーブルの上にあるオブジェたちの隣で、一切れの西瓜、白熱するマメイ、一片の炎が輝いている。半分の果実は女の眼差しの陽光で熟す三日月だ。

果実の月からも太陽の果実からも等しい距離の、選ばれたわずかなマチエールの中で合意する、敵対し合う世界の間に宙吊りになって、僕たちは全体の中の自分たちに割り当てられた部分を垣間見る。大食漢は歯を剝き出し、詩人は目を開け、女は目を閉じる。すべてがある。

II

喪服の騎手たちが高みを平らにならす。粗暴な騎馬隊のヘルメットが星々の筋を残す。燧石は研ぎ澄まされた黒を高く噴き上げる。惑星は別の天体系に向かって飛んで行く。最後の生ある一刻が赤い鶏冠を持ち上げる。火事の遠吠えが壁から壁へ、無限から無限へとこだまする。狂人が空間の閂を開け、自らの中をめがけて飛び込む。自分自身にのみ込まれ、たちまち姿を消す。猛獣どもは太陽の残骸、星の骨そしてオアハカの市場にまだ残っているものを齧る。二羽の灰鷹が天空の只中の明星を啄む。眼球の連なりからなる二つの縁に護られて、生は直線となって流れる。この戦いの時、全員退避の時に、愛し合う二人は目の眩むようなバルコニーに姿を現す。焼けた畑の上で揺れる幸福の穂に彼らはそっと上る。彼らの愛は世界がぶら下がった磁石。彼らの口づけは潮の満ち干を支配し、音楽の水門を上げる。その熱の足下で現実は目覚め、自分の殻を破ると翼を広げ、そして飛び立つ。

Ⅲ

多くの眠ったマチエールの間、翼を、重さを、別の形を求める多くの形の間から、踊り子、赤蟻の淑女、音楽の調教師、ガラスの洞穴に住む隠者、涙の岸辺で眠る美女が現れる。彼女は立ち上がると、不動の踊りを踊り出す。彼女の臍はすべての光線を集める。彼女はすべての男の眼差しでできている。彼女は欲望と飽満を釣り合せる秤、その中で眠り目覚めるために僕たちに与えられる器。彼女は固定観念、男の額にできた永遠の皺、永久《とわ》の星。死してもいず、生きてもいない彼女は、死者たちの胸、生者たちの夢から咲く花の大輪。毎朝そっと眼を開け、彼女を切り取る庭師を咎めることなく眺める巨大な花。その血が切られた茎をゆっくり上っていき、空中にまで上昇すると、メキシコの廃墟の上で静かに燃えるトーチとなる。泉の樹、噴水の樹、炎のアーチ、生者と死者を結ぶ血の橋。すべては終ることなき誕生なのだ。

メキシコ渓谷

昼はその透明な体を大きく広げる。太陽の石にくくりつけられた僕を、光が大きな見えないハンマーで殴りつける。僕は振動と振動の間の休止にすぎない。生きた点、互いに相手を知らず、僕の中で初めて出会う二つの眼差しが交差する、じっと動かぬ鋭い点。眼差したちは合意できるだろうか。僕は純粋な空間、戦場なのだ。僕は自分の身体を透かしてもうひとつの自分の身体を見る。石が煌く。陽光が僕の目玉を抉る。僕の空っぽの眼窩で、二つの星が赤い羽根を撫でつける。光彩、翼の螺旋、獰猛そうな嘴。そして今、僕の眼は歌い始める。さあ、この歌を覗け、炎の中に飛び込むのだ。

羊歯の褥

この世の終りが来て、眠りかけているがまだ火花を放ち、いまだきらめく巨大な眸たちのある風景を前に、お前は最後の眼差し——天を失おうとしている眼差し——で僕を見つめる。浜辺は呆然とした眼差し、輝く鱗で覆われる。液状の黄金の波が引く。逃げてゆく溶岩の上に横たわるお前は、噴火口の中で光る星のかけらを「アー」という呻きに向かって投げつける、巨大な月のティンパニーとなる。お前の目のくらむ褥で、お前は燃え上がり、消える。お前の落下は僕を引きずる、おお、瞬く傷口よ、おお、睫毛を閉じる輪よ、おお、口を開ける暗黒、下で氷の星が生れる断崖よ。お前は自分の落下から、最初の眼差し——地を失おうとしている眼差し——で僕を眺める。そしてお前の視線は僕の視線に絡みつく。僕の目は、月が真っ赤な潮を支えるように、お前を宙で支える。お前の足下で、首を刎ねられた泡が、これから始まる夜の歌をうたう。

包囲された男

僕の左側で、夏が緑色の自由、幸福の梢と隙間を広げている。葉叢、透き通った個所、水に浸した剝き出しの足、プラタナスの木陰のまどろみ、半ば閉じた僕の目のまわりを飛び回るイメージの群れ。木の葉の海が歌う。陽光が唸る。誰かが熱い茂みで僕を待ち受ける。誰かが緑と黄色の中で笑う。僕は身を屈めて自分を守ろうとする。僕はまだ死にはしない。けれど、僕の左側でしつこく言い張る声がする。身体のための草になれ、身体になれ、曲がりくねって流れる川の優しい突進、崩れる岸辺になれ！　そうだ、身を横たえて、もっとたくさん生きるのだ。僕の目から小鳥が一羽生れ、踝に葡萄のつるが巻きつき、右の耳には蜂の巣がある。

僕は熟し、果実の音を立てて落下する、光が僕を啄む、涼気を感じて僕は起き上がる、しつこい木の葉どもを胸で追い払う。翼の大群が辺りを過《よ》ぎる。いや、僕は降参しない。僕はまだ死にはしない。

僕の右側には何もない。静けさと寂しさがその平原を広げる。おお、住まわせるための世界よ、白紙よ！ いくつもの遍歴、犠牲、僕の魂との肉弾戦、雪や塩との対話。立ち上がろうと待っている空白がなんとたくさんあることか、詩の翼になる用意がありながら眠っている名前がなんとたくさんあることか！ 光り輝く時間たち、待機によって磨かれたいくつもの鏡、眩暈を催させる飛び板、恍惚とさせる望楼、虚空の上の二つの感嘆符の間に架かる吊り橋、おお、一秒にも満たぬ瞬時の間稲妻の降下を祝う即席の立像よ。草は目覚め、歩き出し、不毛の土地を生きいきとした緑で覆う。苔は岩にまで登り、雲は切れる。あらゆる物が歌い、あらゆる物が実を結び、あらゆる物が生きる準備をする。けれど僕は、自分を守る。僕はまだ死にはしない。身を横たえることと立ち上がることの間、言葉を発する唇と言葉の間に、一つの間《ま》、分け隔て引き裂くきらめきが存在する、つまり僕がいるのだ。僕はまだ死にはしない。

未来の讃歌

マリオ・バルガス＝リョサに

僕を息苦しくさせる低い茂みから、背が高く真摯な彼が輝くのが見える。自分自身の頂の上で、じっと動かず、きらめいている。光のポプラ、音楽の円柱、静寂のほとばしり。あの高いところに彼がいるのを見ると、僕の誇りは、言葉の束に、現実の破片、破片になった現実に、火をつける。枯葉は燃え上がり、煙に変る！　そして僕の挫折の上に、悪意に満ちた猫ども、真夜中の思考たち、一列縦隊になった微笑みたち、高笑いどもの群れが襲いかかる。諺たちが僕に片目をつぶってみせ、良識が僕を破門し、戒律が僕の袖を引っ張る。僕は帽子を被りなおし、コートの衿を立て、歩き始める。だが進まない。そして僕が足跡を残すと、その足跡は、岩の上で、音もなく燃える。

僕たちの中ですでに燃えてしまったものを燃やすだけでは不十分であることを、僕は知っている。与えるだけでは不十分であることを、僕は知っている。与え合なければならない。そして受け取らなければばならないのだ。禿山の頂になるだけでは、磨いた骨、丸くなった石になるだけでは十分ではない。耳になること、ファンがその苦労を刻みつけ、マリアが予言を刻みつけ、イサベルが呻き声を、ホアキンが笑い声を刻みつける、人の巻貝になることが必要だ。僕たちの内側で存在することだけを願うものは、決して存在しないし、将来存在することもないだろう。あの、僕の声が尽き、お前の声が始まる場所で、独唱でもなく、重唱でもなく、歌は生れる。

けれど時が時からちぎれ、ただの口と黒い歯、底無しの喉、常に空っぽの動物の胃袋の中への動物的落下に変るとき、できるのは自分の空腹を野蛮な歌で紛らすことだけだ。顔を空に向け、落下する寸前に、僕は時の歌を口ずさむ。だが次の日はその震える声のかけらも残ってはいない。そこで僕は独りごつ。今は歌うときではなく、たどたどしく喋るときなのだと。僕の言葉を話させてくれ、ひとことひとこと。不眠と盲目、怒りと不本意から引き抜いた言葉、僕が持っているのは、僕たちが持っているのは、それがすべてだ。

まだ時ではない。大文字の時は訪れてはいない。いつでも時機がずれ、遅すぎる、身体を欠いた思考、加工されていない身体。そして僕は足踏みを繰り返す。だが、自由な人間の自由な讃歌よ、涙でできた頑丈なピラミッドよ、不眠の天辺に刻まれた炎よ、お前は憤怒の頂上で輝きそして歌え、僕のために、僕たちのために。音楽の松の木、光の柱、炎のポプラ、水の迸りよ。水だ、ついに水が出た、人間のための人間の言葉が！

詩に向かって（様々な起点）

I

言葉、それは〈お早う〉から〈お休み〉までの間に、出入口の扉と始まりがなくどこにも通じていない廊下の入口の間で、言語の焼け焦げた樹木からむしり取った十五分の収穫。

動物の腹の中を、鉱物の腹の中を、時の腹の中を、僕たちは果てしなく巡る。詩という出口を見つけるために。

僕の眼差しが砕けてしまうあの顔の手強さときたら。秘密を襲撃された後の廃墟の風景を前にしても屈することのない、武装した額。火山の憂鬱。

上司の、車掌の、ボール紙でできた岩に似た愛想のいいしかめ面、世紀の物神《フェティシュ》。〈僕〉、〈君〉、〈彼〉、蜘蛛の巣の織り手たち、爪で武装した代名詞。顔のない、抽象的な神々。〈彼〉と〈僕たち〉、〈僕たち〉と〈彼〉、無名の者と誰でもない者。父なる神はこれらの偶像のすべてに復讐する。

瞬間は凍りつく。目を眩ませると、答えもせずに消え去る白。循環する流れに押しやられる氷の破片。あれは戻ってくるにちがいない。

幻想の仮面を剝ぎ取って、敏感な中心に槍を突き刺すこと。つまり噴火を引き起こすことだ。

臍の緒を断ち切り、〈母〉を完全に殺すこと。それは近代の詩人がみんなを代表し、みんなの代りに犯した犯罪。新しい詩人の義務は〈女〉を発見すること。

話すために話し、絶望した女から音をいくつも引き出し、蠅の飛行が語ることを口述して、真っ黒にすること。時間が真っ二つに割れる。決死の跳躍をする時だ。

II

単語、句、音節、不動の中心を巡る星々。二つの肉体、一つの単語の中で出会う多くの存在。紙は消せない文字で覆われる。誰も言わず、書き取らせもしなかったそれらの文字は、そこに落ちてきて、燃え上がり、焼け、消える。こうして詩が存在し、愛が存在する。だからたとえ僕が存在しなくても、君は存在するのだ。

孤独を強いられた者たちが、至るところで、新たな対話の言葉を創り始める。

水の迸り。一口の健康。自分の過去にもたれているひとりの少女。葡萄酒、炎、ギター、テーブル掛け。町の広場の赤いビロードの壁。歓呼の声、町に入城する光り輝く騎兵隊、宙に浮く人々。讃歌だ！　白、緑、燃え立つ赤が噴き出す。独りでに書かれる、容易極まりないもの、それが詩だ。

詩は、愛の秩序を用意する。僕は予見する、太陽である一人の男と月である一人の女を。その男は権力から解き放たれ、女は隷従から解き放たれ、激烈な愛が黒い空間を稲妻のように走る。すべてはその白く輝く二羽の鷲に屈服しなければならない。

お前の額の砲塔で、歌が夜明けを迎える。詩の正義が恥辱の野に火を放つ。郷愁、自我、固有名詞に残された場所はもう存在しない。

すべての詩は詩人が犠牲を払うことで成り立つ。

未来の正午、繁みの見えない巨大な樹木。そこかしこの広場では、男や女が太陽の歌、透明なものの噴水をうたっている。黄色い大波が僕に覆いかぶさる。僕の何かが僕の口を通じて語ることはないはずだ。歴史は眠るとき夢で語る。眠っている町の額で詩は血の星座となる。歴史が目を覚ますとき、イメージは行為となり、詩が生じる。詩が行動を開始するのだ。

お前の夢にふさわしくあれ。

解説

本書『鷲か太陽か?』の初版は一九五一年にメキシコのフォンド・デ・クルトゥーラ・エコノミカ社からテソントレ叢書の一冊として刊行された。著者のオクタビオ・パス(一九一四―一九九八)が三十七歳のときである。当時パスはパリの駐仏メキシコ大使館に文化担当官として在職し、仕事を終えた夜や週末を利用して執筆を行っていたようだ。このときのパリ滞在は一九四六年から一九五一年にかけてで、この時期に『鷲か太陽か?』の他に、自ら「本当の意味で私の初めての本」と呼ぶ詩集『言葉の下の自由』(一九四九)、およびメキシコのアイデンティティーと歴史を探究する代表的評論『孤独の迷宮』(一九五〇)を出している。ただし、のちに初版と同じタイトルのまま、増補や削除を繰り返して変化していく詩集の原型となる一九四九年版『言葉の下の自由』は、それ自体アンソロジー的性格を備え、パリ到着以前に書かれた作品を多く含んでいる。彼が〈文学的出発点〉とする一九三五年、すなわち父親が亡くなった翌年からアメリカ留学の時期までに書かれた作品がかなりな比重を占めていて、パリ時代の作品は半分にも満たない。それに対し、『鷲か太陽か?』収録の作品はすべてパリで書かれているのが特徴である。

アメリカの研究者エンリコ・マリオ・サンティは一九六〇年版『言葉の下の自由(一九三五―一九五八)』が包摂する期間を三つに分けている。第一期はメキシコに軸足を置いていた時期(一九三五―一九四三)、第二期はアメリカ(一九四四―一九四五)、パリ(一九四六―一九五一)、ニューデリー・東京・ジュネーヴ(一九五一―一九五三)を含む、文字通り異文化の中で暮した時期で、イギリスの研究者ジェイソン・ウィルソンはそれをパスの〈シュルレアリスト時代〉と呼んでいる。そして第三期はメキシコ帰還の時期(一九五三―一九五九)である。

この時期区分を参考にしながら、『鷲か太陽か?』執筆の背景となる第一期と第二期に焦点を当て、パスの軌跡を簡単に振り返っておこう。

第一期の重要な出来事としては、自分を含む一切に対する反抗として、家・家族・メキシコ市を離れ、ユカタン半島で労働者・農民の子弟用の学校建設に携わったこと、のちに作家となるエレナ・ガーロと最初の結婚をしたこと、彼女をともない反ファシズム作家会議出席のために内戦下のスペインに赴いたこと(このとき短期間パリに滞在している〉が挙げられるだろう。それは彼にとって最初の〈跳躍〉だった。この経験は彼の内なる〈他者〉であるインディオをはじめ様々な〈他者〉との遭遇を可能にした。ことにスペイン体験は、エロティシズムと社会参加の意識に加え、彼に歴史意識をもたらすことになる。また駆け足で訪れたパリではシュルレアリストのロベール・デスノスを知った。メキシコに戻ったパスは、労働組合の機関紙や前衛的文芸誌と関わるが、独ソ不可侵条約が結ばれると、スターリニズム批判の姿勢を強める一方、トロツキストやシュルレアリストと交流し、影響を受ける。だが、このころはシュルレアリスムについての理解がまだ浅く、一九四〇年に行われたアンケートに寄せた回答から、彼がそれをドイツ・ロマン主義の延長と考えていたことが分る。ソ連を支持していた左翼と折り合いが悪くなったパスは、一九四二年にはトロツキーが暗殺されるような状況に見きりをつけ、一九四四年にグッゲンハイム奨学生になったのを機にアメリカに留学するが、彼にとってそれは一種の亡命を意味した。

第二期はアメリカで始まる。子供時代に短期間暮したことのあるこの国でパスは、T・S・エリオット、エズラ・パウンド、ウォーレス・スティーヴンズ、ウィリアム・カーロス・ウィリアムズらの現代詩を読み、口語の表現力を発見する。サンフランシスコ滞在中、奨学金の切れていた彼は、生活費を稼ぐために母国の雑誌の特派員として、当地で開催された国際会議の取材を行うのだが、それが評価され、外交官への道が開ける。その最初の任地がパリだった。

戦後のパリは貧しかったが、文化的には豊かだった。サルトルら実存主義作家、「レ・タン・モデルヌ」のグループ、ルイ・アラゴンらコミュニストと、ブルトン、バンジャマン・ペレらのシュルレアリストの生き残り組が活躍する中で、パスが親近感を覚えたのはシュルレアリストたちだった。一方、シュルレアリストのほうも彼を好意的に扱った。ペレとはすでにメキシコで知り合っていたが、このペレを通じてブルトンを紹介される。ブルトンも大戦中メキシコに逃れた経験があり、パスを厚遇する。パスはのちに書かれる評論やエッセイで繰り返しブルトンやシュルレアリスムのことを語っているが、彼にとってそれは啓示に等しいものだった。ただし、パスはシュルレアリスムを無条件に信奉したわけではなく、たとえば自動記述そのものやサドを礼讃する傾向には批判的だった。このシュルレアリスムとの独特のスタンスがパスをパスならしめていると言えるだろう。

文化担当官としてのパスは自国の文化の紹介に努める。国際派の画家ルフィーノ・タマヨの個展開催やルイス・ブニュエルの映画『忘れられた人々』のカンヌ国際映画祭出品に尽力したのはこのころだ。ただし創作という面では必ずしも活発ではなかった。それは彼が、もっぱら素材を集め、読書、瞑想、対話を行っていたからである。しかしその成果がこの時期の終りに現れる。それが『言葉の下の自由』、『孤独の迷宮』、『鷲か太陽か？』の相次ぐ刊行である。

『鷲か太陽か？』はパリ時代に制作された「詩人の仕事」（一九四九）、「動く砂」（一九四九）、「鷲か太陽か？」（一九四九―一九五〇）の三つのセクションからなっているが、この本をジャンル分けすることは必ずしも容易ではない。たとえば、アメリカの研究者アルフレド・ロッジアノは、パスに関する評論を集めた『オクタビオ・パス』（一九七九）に付された書誌で、それを〈エッセイ風散文詩集〉と形容している。その見方はたしかに「詩人の仕事」と「鷲か太陽か？」には当てはまる。ところが、「動く砂」に収められた短いテクストはいささか性格を異にしていて、どれも短篇の味わいがある。しかも、後年、メキシコの新聞「ラ・ホルナーダ」の文化担当記者ブラウリオ・ペラルタによるインタビュー集の中で、パス自らそれらはほとんどが〈詩〉ではなく〈短篇〉であると言っているのだ。

〈詩的散文〉という言い方があるが、パスはそれを好まない。自分が書いてきたのは〈散文〉と〈散文詩〉であって、〈詩的散文〉ではないと彼は断言する。その一方で、「ジャンルの汚染は有益」であり、「詩には常にかなりな程度の散文を盛り込む必要がある」とも言っている。彼によれば、ある詩が優れているかどうかは、それが変質しない程度に散文をどのくらい吸収しているか、その量で測ることができるという。また、逆も然りで、優れた散文は詩を含んでいなければならない。そして適当な例としてボルヘスの散文を挙げている。

ここで思い出されるのが、パスの詩論『弓と竪琴』(一九五六)の中の「韻文と散文」と題されたセクションで、彼はそこでロートレアモンの『マルドロールの歌』、ルイス・キャロルの『不思議の国のアリス』およびホルヘ・ルイス・ボルヘスの『八岐の園』を挙げ、それらは詩であると述べているのである。『八岐の園』を詩に分類している書誌はおそらくないはずだ。それをなぜ詩と呼ぶのか、その理由について、彼は次のように述べる。

ここにおいては、散文は自己を否定している。つまり語句は概念的秩序、あるいは物語の秩序に従って継起するのではなく、イメージとリズムの法則に支配されているのである。そこには、まごうことなき詩のしるしたる、イメージ、アクセント、そして休止の満ち干が見られる。(牛島信明訳)

したがって、このパスの言葉を考慮すれば、「動く砂」のテクストは〈短篇〉という形をまとってはいるが、いずれも詩と見なすことが可能だろう。

「ジャンルの汚染」というパスの考え方は、たとえば一九七六年刊行の『詩集(一九三五―一九七五)』に現れている。これは複数の詩集からなる『言葉の下の自由(一九三五―一九五七)』を含む、さらに大きな入れ子状の本であるが、注意を引くのは散文『大いなる文法学者の猿』(一九七二)と戯曲『ラパッチーニの娘』(一九五六)を収録していることだ。つまりパスは『鷲か太陽か?』同様それらが「詩集」というタイトルと齟齬をきたすとは考えていないのである。

前述のウィルソンは『鷲か太陽か?』をパスの詩集の転換点となる〈革新的な本〉と見なしているが、それはこの本においてパスが、ルベン・ダリオに代表されるラテンアメリカ近代派の影響を微かに窺わせる抒情的な詩風を捨て、T・S・エリオットやボードレールを意識し、シュルレアリスムを動力源として、散文詩あるいは「詩を吸収した散文」に果敢に挑んでいるからである。パスに従えば、それは「音節的韻律法の体系に対する反逆」という意味で近代派に対する反逆であるばかりでなく、その影響を留める自らの初期作品に対する反逆すなわち批判でもあると言えるだろう。こうした反逆は様々な形を取るが、パスによれば、「その最も極端な試みにおいては、韻律を排除し、表現手段として散文、もしくは自由詩を選択する」という。だとすれば、『鷲か太陽か?』に含まれるのは、「極端な試み」としての自由詩であり散文ということになるのではないだろうか。少なくとも彼はきわめて自覚的に散文を書いているのだ。

ところで、「詩人の仕事」の十六篇はすべて初出がアルゼンチンの「スール」誌上である。そのタイトルは『鷲か太陽か?』の初版では「強制労働」だった。パスは一九四〇年ころに「スール」を購読していたと、ボルヘス追悼のエッセイの中で語っている。このコスモポリタン的性格を備え、洗練された雑誌を通じて『八岐の園』に収められることになるボルヘスの初期の作品を読んだというが、実は第一期のメキシコ時代に執筆者として「死の文化」というエッセイを寄稿しているのだ。したがって、パリからの寄稿は唐突な出来事ではなかった。いずれにせよ、その事実は、この雑誌の国際性とそれが果たした役割の重要性とともに、日本では第三世界という認識しかなかったラテンアメリカという地域にハイブラウな文化が展開していたことを再認識させるものである。さらに興味をそそられるのは、当時、ほとんど無名だったアルゼンチンの作家フリオ・コルタサルも「スール」の寄稿者だったことである。

この二人はパリで知り合い、互いの作品を評価し合っていた。詩人であるパスと散文作家であるコルタサルはいずれもシュルレアリスムの洗礼を受け、パスによれば、二人の「文学的冒険は交差していた」のだ。ちなみに、ペロニズムの脅威を感じたコルタサルがパリに〈自主亡命〉するのは一九五一年のことであり、彼の幻想短篇集『動物寓意譚』はこの年に刊行されている。コルタサルは、パスが「動く砂」に収められているようなテクストをもっと書かなかったことをとても残念がっていたという。分身というモチーフなど、両者の短篇には確かに共通点がある。また、パスはコルタサルの散文を評して、「彼は言葉に空気を吹き込んだ。それは重要なことだ。なぜなら、スペイン語の散文は重過ぎるからだ」と言っている。もちろん、それはパス自身が実践したことでもある。彼の散文は密度が濃いのに重くないのだ。ちなみに、メキシコの作家カルロス・フエンテスの最初の短篇集『仮面の日々』(一九五四)には、他者としてのメキシコを探求するテーマなど、明らかにパスの影が認められる。

パスは発表された自分の詩に手を入れる傾向があり、たとえば『鷲か太陽か?』の前に出た、一九四九年版『言葉の下の自由』に収録された作品には、バリアントがいくつも存在する。それどころか、その後の改訂版では削除されてしまったものも少なくない。そうだとすると、『鷲か太陽か?』収録の作品はどうだろう。これについては前述のペラルタが、『鷲か太陽か?』は修正が行われたことがないが、それはどうしてか、と理由を聞いている。するとパスは、それがよく出来ているからであり、自分の言いたかったことが言えているからだと答えるのだが、ここには両者の事実誤認もしくは記憶違いがある。なぜなら、実はこの本も、第三版では初版にはなかった「天使の首」が加えられ、また前に述べたように「強制労働」が「詩人の仕事」と改題され、「正午」という作品も「平原」と改題されているからであり、さらに「正体不明の二人への手紙」はテクストがかなり削除されているからである。とりわけ「強制労働」から「詩人の仕事」への変更には、官僚主義や全体主義批判という政治臭を薄めようとするパスの意図が認められるだろう。その他、新版では旧版になかった献辞が添えられているものがある。パリで知りあったフェルナンド・デ・シスロ夫妻、クロード・ロワ夫妻、バルガス゠リョサの名はオリジナル版にはない。

『鷲か太陽か?』の性格は宣言とも見られる巻頭の短いテクスト「僕は始める…」に端的に述べられている。つまりそれは何よりもまず、僕゠詩人による言葉との孤独な闘いの記録である。その「ひとつの言葉」との闘いは、その言葉を求める旅と見ることもできるだろう。そしてこの闘いもしくは旅は、「未来の讃歌」でひとつの幸福な結末を迎えるように見える。それは次のような歓喜の言葉で終っている。

だが、自由な人間の自由な讃歌よ、涙でできた頑丈なピラミッドよ、不眠の天辺に刻まれた炎よ、お前は憤怒の頂上で輝きそして歌え、僕のために、僕たちのために。音楽の松の木、光の柱、炎のポプラ、水の迸りよ。水だ、ついに水が出た、人間のための人間の言葉が！

しかし、タイトルが示すように、これはいわば未来の幻影であり、現在のものとなってはいない。詩人はまだ幸福な光景を幻視したにすぎないのだ。だが、詩人とは幻視者のことでもあり、その意味で「僕」は役目を果たしたことになる。そして最後に置かれた「詩に向かって(様々な起点)」ではこの幻視がさらに拡大され、カーニバル的祝祭として歌われている。さらに重要なのは、ここで詩は行動であるという、パスがシュルレアリスムから学んだモットーが述べられていることだ。それが芸術的行為は政治行動の代替となりうるということを意味しているからである。彼は『弓と竪琴』の冒頭で次のように言っている。

世界を変えうる作用としての詩的行為は、本質的に革命的なものであり、また、精神的運動なるがゆえに内的解放の一方法でもある。

したがって、『鷲か太陽か？』は、詩人によって実践された詩的行為の軌跡でもあるのだ。そうした行為としての詩と密接な関係にあるのが、〈決死の跳躍〉というイメージである。それは〈他者〉と出会い、本来自分の中にいるはずのその〈他者〉を取り戻すことにより、人は過不足のない存在となるという考えと不可分の関係になる。「詩に向かって」ではこううたわれる。

話すために話し、絶望した女から音をいくつも引き出し、蠅の飛行が語ることを口述して、真っ黒にすること。時間が真っ二つに割れる。決死の跳躍をする時だ。

また『弓と竪琴』には次のような一節がある。

人間は他者になる時に実現され、成就される。他者になることによって、この世界に落ちる以前の、あるいは転落する以前の、つまり自我と〈他者〉に分裂する以前の、彼の本源的存在が回復され、ふたたび獲得される。

そしてそこに詩的可能性が生れるわけだが、パスによれば、それは「われわれが決死の跳躍をなした時、すなわち、われわれが実際にわれわれ自身から脱出し、〈他者〉の中に身を委ね、埋没した時にのみ実現される」のであり、「その決死の跳躍の時、深淵でこれとあれの間に宙吊りになっている人間は、十全な存在であり、……彼がなりたいと願っていたすべてである——岩、女、鳥、他の男、そしてまた、他の存在」となるのである。

〈決死の跳躍〉の原語は salto mortal で、宙返りとも訳せる。パスはこの表現がキルケゴールの言う〈跳躍〉に由来し、それをスペイン流に言い換えたのが〈生命を賭けた跳躍〉あるいは〈決死の跳躍〉であることを明らかにしている。この〈決死の跳躍〉とそれにともなう墜落、落下のイメージは、彼の詩のいたるところに見ることができる。それは彼の詩が絶えず行為と結びついていることを意味してもいる。たとえば「出発」という詩では次のようにうたわれる。

幾度となく徹宵を繰り返し、三段論法をさんざんかじり、多くの廃墟と荒れ果てた理性に住んだあげく、僕は空中に飛び出す。僕は接触を求める。そしてその飛び板から、目を開けたまま、真っ逆さまに身を投げる。

「僕」が身を投げる相手の他者が女性であれば、それは愛の体験となる。「愛の体験はわれわれに、仮にほんの一瞬であれ、相対立するものの確固たる和合をかいま見る可能性を、電撃的にもたらす。その和合こそ存在である」。すなわち彼はその和合によって自分自身を取り戻すのだ。

さて、ここで本書のタイトルについて考えてみたい。それが「僕は始める…」というテクストの一節から取られていることは言うまでもない。今日流布しているポプラル文庫版の表紙画および挿画として使われているのは、初版同様、メキシコの画家ルフィーノ・タマヨ制作のイラストで、表紙には人の右手が弾いたコインが螺旋を描きながら空中に飛び出したところが描かれている。それがさらに上昇するのか、すでに頂点に達し、落下しようとしているのかは不明だ。言い換えればそれは宙吊り状態にある。そしてこのイラストは、詩集のタイトルの一面を表現しているようだ。タイトルの意味を十全に知るには、詩集全体を読んで考えることが必要だが、イラストは少なくとも解読の手掛かりになりそうである。当時、パスが、壁画運動に与せずメキシコ画壇における異端児となっていたタマヨの良き理解者であったのと同様、タマヨもメキシコ詩壇の異端児パスの理解者だったはずだからである。彼がタイトルの意味をパスから教えられていたことは十分考えられる。

「鷲か太陽か？」は、メキシコで一ペソ硬貨を投げ上げるときに発する表現で、鷲は表、太陽は裏に相当する。この表現は雌雄を決するときに使われる。したがって、攻撃的な響きを備えている。だが、この「古来からの二分法」は、パスの作品においては「表は裏である」、さらには「表と裏の間に真実がある」といった答えによって無化されてしまう。『弓と竪琴』の中のイメージについて論じた個所で、パスはこの二分法の無化もしくは相反するものの合一について語っているが、それは「鷲か太陽か？」という問いに対する、問いを掛けた本人による答えと見ることができそうだ。

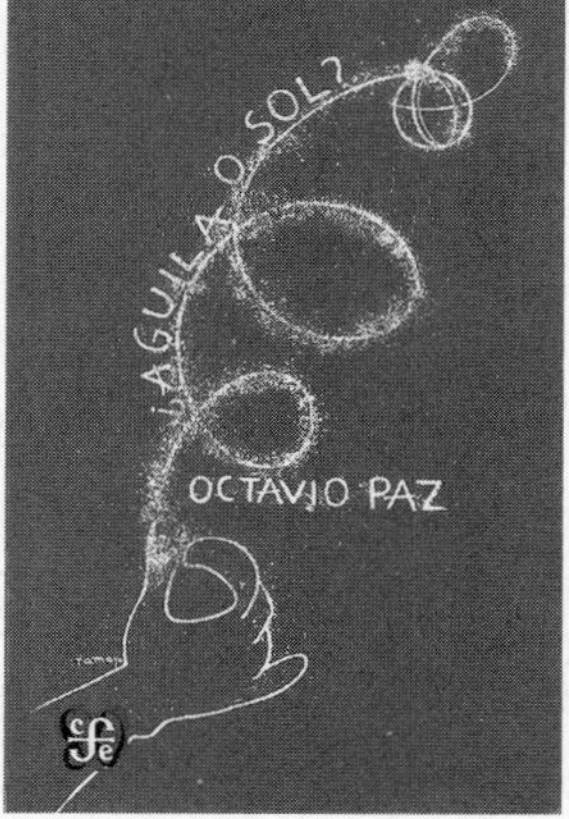

この「鷲」と「太陽」について、ウィルソンは、前者をヨーロッパに何も負っていない洗練された文明としてのアステカ帝国、後者をその宇宙観の中心とし、言語の二重性すなわち記号と記号内容の関係でもあると見ている。一方で、パス自身はあるインタビューの中で、タイトルが二つの神話的表象

を暗示していることを明らかにしている。彼によれば、それが表すのは鷲が太陽の中で燃えているところであるという。しかもその燃焼は変化を意味している。なぜなら、鷲は燃えて太陽になるからだ。

また、コインを投げ上げるときの民衆的表現である「鷲か太陽か?」は詩の本質を表しているとも言っている。というのは、「詩とは暗喩であり、神話、象徴であるが、それは偶然が産むものであり、日常使われる言語でもあるからだ」。詩はゲームであり、そこで働く大きな力、本質的要素は偶然なのだ。詩はゲームであるということの強調は、シュルレアリストの間で流行った「優雅な屍体」という、言葉をランダムに組み合せる遊びを思い出させる。その遊びを意識したのだろうか、パスは後年、『視覚の円盤』(一九六八)と称する、言葉の組み合せを産み出す円盤状の玩具を作品として世に出している。詩作において遊びは実験でもあるが、「詩人の仕事IX」ではその実験のことがサディスティックな調子でうたわれている。だが「僕」は「こんな遊びもしまいには退屈なものとなる」と言っていることを忘れてはならない。ここにパスの批評性を見ることができるからだ。

パスはシュルレアリスムの影響について、「決定的だが、それは物の考え方と姿勢においてである」と言う。たとえば、メキシコを他者として見ることによって、様々な再発見を行ったことも、シュルレアリスムおよびシュルレアリストとの出会いがもたらしたことのひとつと言えるだろう。『鷲か太陽か?』とその直前に書かれた『孤独の迷宮』は、ジャンルこそ異なるが、埋められたメキシコすなわちコルテスによる征服以前のメキシコと、パスにとって黄金時代であった幼年期のメキシコの発見(ミスコアックにあった祖父の家と分かちがたく結びついている)と回復というテーマにおいて、重なり合っている。『鷲か太陽か?』に含まれる「黒曜石の蝶」は前者の代表的な例だろう。これは当時フランス語に訳され、『半世紀のシュルレアリスム年鑑』に収録されている。注をつけたのは、フランス人の便宜のためだけでなく、メキシコのルーツを探求するという考えを正しく伝えるためでもあった。あるいはユカタンでの体験に基づくと思われる「青い花束」では、彼自身の〈他者〉あるいは〈内なる人間〉であるインディオとの奇妙な遭遇が、生きいきとしたイメージで描かれている。つまり、『孤独の迷宮』が彼の思想を論理的に伝えようとする散文であるとすれば、『鷲か太陽か?』はそれをイメージとリズムで伝えようとする作品すなわち詩なのである。

本書はオクタビオ・パスの『鷲か太陽か?』の全訳である。底本には Octavio Paz, *¿Águila o sol?*, 3a. ed., 2a. reimpresión, Fondo de Cultura Económica, México, 1998 を用

い、Enrico Mario Santí 校訂の Octavio Paz, *Libertad bajo palabra*, 2a. ed., Cátedra, 1990, Octavio Paz, *Poemas* (*1935-1975*), Seix Barral., Oatavio Paz (tr. Eliot Weinberger), *Eagle or Sun?*, A New Directions Book, 1976 を適宜参照した。

野谷文昭

二〇一三年一〇月

〔編集付記〕

本書は野谷文昭訳『鷲か太陽か?』(書肆山田、二〇〇二年一〇月刊行)を文庫化したものである。

今回の文庫化に際しては、フォンド・デ・クルトゥーラ・エコノミカ社から刊行されているポプラル文庫版に倣い、ルフィーノ・タマヨによる挿画三点を収録した。

(岩波文庫編集部)

鷲《わし》か太陽《たいよう》か？　オクタビオ・パス作

2024年1月16日　第1刷発行

訳　者　野谷文昭《のやふみあき》

発行者　坂本政謙

発行所　株式会社 岩波書店
〒101-8002 東京都千代田区一ツ橋 2-5-5
案内 03-5210-4000　営業部 03-5210-4111
文庫編集部 03-5210-4051
https://www.iwanami.co.jp/

印刷・三陽社　カバー・精興社　製本・中永製本

ISBN 978-4-00-327972-4　　Printed in Japan

読書子に寄す

――岩波文庫発刊に際して――

岩波茂雄

真理は万人によって求められることを自ら欲し、芸術は万人によって愛されることを自ら望む。かつては民を愚昧ならしめるために学芸が最も狭き堂宇に閉鎖されたことがあった。今や知識と美とを特権階級の独占より奪い返すことはつねに進取的なる民衆の切実なる要求である。岩波文庫はこの要求に応じそれに励まされて生まれた。それは生命ある不朽の書を少数者の書斎と研究室とより解放して街頭にくまなく立たしめ民衆に伍せしめるであろう。近時大量生産予約出版の流行を見る。その広告宣伝の狂態はしばらくおくも、後代にのこすと誇称する全集がその編集に万全の用意をなしたるか。千古の典籍の翻訳企図に敬虔の態度を欠かざりしか。さらに分売を許さず読者を繋縛して数十冊を強うるがごとき、はたしてその揚言する学芸解放のゆえんなりや。吾人は天下の名士の声に和してこれを推挙するに躊躇するものである。このときにあたって、岩波書店は自己の責務のいよいよ重大なるを思い、従来の方針の徹底を期するため、すでに十数年以前より志して来た計画を慎重審議この際断然実行することにした。吾人は範をかのレクラム文庫にとり、古今東西にわたって文芸・哲学・社会科学・自然科学等種類のいかんを問わず、いやしくも万人の必読すべき真に古典的価値ある書をきわめて簡易なる形式において逐次刊行し、あらゆる人間に須要なる生活向上の資料、生活批判の原理を提供せんと欲する。この文庫は予約出版の方法を排したるがゆえに、読者は自己の欲する時に自己の欲する書物を各個に自由に選択することができる。携帯に便にして価格の低きを最主とするがゆえに、外観を顧みざるも内容に至っては厳選最も力を尽くし、従来の岩波出版物の特色をますます発揮せしめようとする。この計画たるや世間の一時の投機的なるものと異なり、永遠の事業として吾人は微力を傾倒し、あらゆる犠牲を忍んで今後永久に継続発展せしめ、もって文庫の使命を遺憾なく果たさしめることを期する。芸術を愛し知識を求むる士の自ら進んでこの挙に参加し、希望と忠言とを寄せられることは吾人の熱望するところである。その性質上経済的には最も困難多きこの事業にあえて当たらんとする吾人の志を諒として、その達成のため世の読書子とのうるわしき共同を期待する。

昭和二年七月

《南北ヨーロッパ他文学》〔赤〕

- ダンテ 新生 — 山川丙三郎訳
- 夢のなかの夢 — タブッキ 和田忠彦訳
- カヴァレリーア・ルスティカーナ 他十一篇 — G・ヴェルガ 河島英昭訳
- カルヴィーノ イタリア民話集 全二冊 — 河島英昭編訳
- むずかしい愛 — カルヴィーノ 和田忠彦訳
- パロマー — カルヴィーノ 和田忠彦訳
- カルヴィーノ アメリカ講義 ―新たな千年紀のための六つのメモ — 米川良夫 和田忠彦訳
- まっぷたつの子爵 — カルヴィーノ 河島英昭訳
- 魔法の庭・空を見上げる部族 他十四篇 — カルヴィーノ 和田忠彦訳
- ペトラルカ ルネサンス書簡集 — 近藤恒一編訳
- ペトラルカ 無知について — 近藤恒一訳
- 美しい夏 — パヴェーゼ 河島英昭訳
- 流刑 — パヴェーゼ 河島英昭訳
- 祭の夜 — パヴェーゼ 河島英昭訳
- 月と篝火 — パヴェーゼ 河島英昭訳
- ウンベルト・エーコ 小説の森散策 — 和田忠彦訳
- バウドリーノ 全二冊 — ウンベルト・エーコ 堤康徳訳
- タタール人の砂漠 — ブッツァーティ 脇功訳
- ラサリーリョ・デ・トルメスの生涯 — 会田由訳
- ドン・キホーテ前篇 全三冊 — セルバンテス 牛島信明訳
- ドン・キホーテ後篇 全三冊 — セルバンテス 牛島信明訳
- 娘たちの空返事 他一篇 — モラティン 佐竹謙一訳
- プラテーロとわたし — J・R・ヒメーネス 長南実訳
- オルメードの騎士 — ロペ・デ・ベガ 長南実訳
- セビーリャの色事師と石の招客 他一篇 — ティルソ・デ・モリーナ 佐竹謙一訳
- ティラン・ロ・ブラン 全四冊 — J・マルトゥレイ M・J・ダ・ガルバ 田澤耕訳
- ダイヤモンド広場 — マルセー・ルドゥレダ 田澤耕訳
- 完訳 アンデルセン童話集 全七冊 — 大畑末吉訳
- 即興詩人 全二冊 — アンデルセン 大畑末吉訳
- アンデルセン自伝 — 大畑末吉訳
- ここに薔薇ありせば 他五篇 — ヤコブセン 矢崎源九郎訳
- フィンランド叙事詩 カレワラ 全二冊 — リョンロット編 小泉保訳
- 王の没落 — イェンセン 長島要一訳
- イプセン 人形の家 — 原千代海訳
- イプセン 野鴨 — 原千代海訳
- 令嬢ユリェ — ストリントベルク 茅野蕭々訳
- アミエルの日記 全四冊 — 河野与一訳
- クオ・ワディス 全三冊 — シェンキェーヴィチ 木村彰一訳
- 山椒魚戦争 — カレル・チャペック 栗栖継訳
- ロボット (R・U・R) — チャペック 千野栄一訳
- 白い病 — カレル・チャペック 阿部賢一訳
- マクロプロスの処方箋 — カレル・チャペック 阿部賢一訳
- 灰とダイヤモンド 全二冊 — アンジェイェフスキ 川上洸訳
- 牛乳屋テヴィエ — ショレム・アレイヘム 西成彦訳
- 完訳 千一夜物語 全十三冊 — 豊島与志雄 渡辺一夫 佐藤正彰 岡部正孝訳
- ルバイヤート — オマル・ハイヤーム 小川亮作訳
- ゴレスターン — サアディー 沢英三訳
- 王書 ―古代ペルシャの神話・伝説 — フェルドウスィー 岡田恵美子訳
- 中世騎士物語 — ブルフィンチ 野上弥生子訳
- コルタサル短篇集 悪魔の涎・追い求める男 他八篇 — 木村榮一訳

遊戯の終わり　コルタサル　木村榮一訳
秘密の武器　コルタサル　木村榮一訳
ペドロ・パラモ　ファン・ルルフォ　杉山晃・増田義郎訳
燃える平原　ファン・ルルフォ　杉山晃訳
伝奇集　J.L.ボルヘス　鼓直訳
創造者　J.L.ボルヘス　鼓直訳
続審問　J.L.ボルヘス　中村健二訳
七つの夜　J.L.ボルヘス　野谷文昭訳
詩という仕事について　J.L.ボルヘス　鼓直訳
汚辱の世界史　J.L.ボルヘス　中村健二訳
ブロディーの報告書　J.L.ボルヘス　鼓直訳
アレフ　J.L.ボルヘス　鼓直訳
語るボルヘス　―書物・不死性・時間ほか　J.L.ボルヘス　木村榮一訳
20世紀ラテンアメリカ短篇選　野谷文昭編訳
フエンテス短篇集　アウラ・純な魂　他四篇　木村榮一訳
アルテミオ・クルスの死　フエンテス　木村榮一訳
緑の家　全二冊　バルガス=リョサ　木村榮一訳

密林の語り部　バルガス=リョサ　西村英一郎訳
ラ・カテドラルでの対話　バルガス=リョサ　旦敬介訳
弓と竪琴　オクタビオ・パス　牛島信明訳
ラテンアメリカ民話集　三原幸久編訳
やし酒飲み　エイモス・チュツオーラ　土屋哲訳
薬草まじない　エイモス・チュツオーラ　土屋哲訳
マイケル・K　J.M.クッツェー　くぼたのぞみ訳
ミゲル・ストリート　V.S.ナイポール　小沢自然・小野正嗣訳
キリストはエボリで止まった　カルロ・レーヴィ　竹山博英訳
クァジーモド全詩集　河島英昭訳
ウンガレッティ全詩集　河島英昭訳
クオーレ　デ・アミーチス　和田忠彦訳
ゼーノの意識　全二冊　ズヴェーヴォ　堤康徳訳
冗談　ミラン・クンデラ　西永良成訳
小説の技法　ミラン・クンデラ　西永良成訳
世界イディッシュ短篇選　西成彦編訳
シェフチェンコ詩集　藤井悦子編訳

《東洋文学》〔赤〕

楚辞　小南一郎訳注
杜甫詩選　黒川洋一編
李白詩選　松浦友久編訳
唐詩選　全三冊　前野直彬注解
完訳 三国志　全八冊　小川環樹・金田純一郎訳
西遊記　全十冊　中野美代子訳
菜根譚　洪自誠　今井宇三郎訳注
阿Q正伝・狂人日記（吶喊）他十二篇　魯迅　竹内好訳
魯迅評論集　竹内好編訳
歴史小品　郭沫若　平岡武夫訳
家　全二冊　巴金　飯塚朗訳
新編 中国名詩選　全三冊　川合康三編訳
唐宋伝奇集　全二冊　今村与志雄訳
聊斎志異　全二冊　蒲松齢　立間祥介編訳
李商隠詩選　川合康三選訳
白楽天詩選　全二冊　川合康三訳注
文選　全六冊　川合康三・富永一登・釜谷武志・和田英信・浅見洋二・緑川英樹訳注
曹操・曹丕・曹植詩文選　川合康三編訳
ケサル王物語 ―チベットの英雄叙事詩　アレクサンドラ・ダヴィッド＝ネール　アプル・ユンテン　富樫瓔子訳
バガヴァッド・ギーター　上村勝彦訳
ダライ・ラマ六世恋愛詩集　今枝由郎・海老原志穂編訳
朝鮮童謡選　金素雲訳編
朝鮮短篇小説選　全二冊　大村益夫・長璋吉・三枝壽勝編訳
尹東柱詩集 空と風と星と詩　金時鐘編訳
アイヌ神謡集　知里幸惠編訳
アイヌ民譚集 付 えぞおばけ列伝　知里真志保編訳
アイヌ叙事詩 ユーカラ　金田一京助採集並ニ訳

《ギリシア・ラテン文学》〔赤〕

ホメロス イリアス　全二冊　松平千秋訳
ホメロス オデュッセイア　全二冊　松平千秋訳
イソップ寓話集　中務哲郎訳
アイスキュロス アガメムノーン　久保正彰訳
アイスキュロス 縛られたプロメーテウス　呉茂一訳
アンティゴネー　ソポクレース　中務哲郎訳
ソポクレス オイディプス王　藤沢令夫訳
ソポクレス コロノスのオイディプス　高津春繁訳
バッカイ ―バッコスに憑かれた女たち　エウリーピデース　逸身喜一郎訳
ヘシオドス 神統記　廣川洋一訳
女の議会　アリストパネース　村川堅太郎訳
アポロドーロス ギリシア神話　高津春繁訳
ダフニスとクロエー　ロンゴス　松平千秋訳
ギリシア・ローマ抒情詩選 ―花冠　呉茂一訳
オウィディウス 変身物語　全二冊　中村善也訳
ギリシア・ローマ神話 付 インド・北欧神話　ブルフィンチ　野上弥生子訳
ギリシア・ローマ名言集　柳沼重剛編

《アメリカ文学》〔赤〕

ギリシア・ローマ神話 付インド・北欧神話　ブルフィンチ　野上弥生子訳
中世騎士物語　ブルフィンチ　野上弥生子訳
フランクリン自伝　松本慎一　西川正身訳
フランクリンの手紙　蕗沢忠枝編訳
スケッチ・ブック 全二冊　アーヴィング　齊藤昇訳
アルハンブラ物語 全二冊　アーヴィング　平沼孝之訳
ウォルター・スコット邸訪問記　アーヴィング　齊藤昇訳
完訳 緋文字　ホーソーン　八木敏雄訳
哀詩 エヴァンジェリン　ロングフェロー　斎藤悦子訳
黒猫・モルグ街の殺人事件 他五篇　ポオ　中野好夫訳
対訳 ポー詩集 ―アメリカ詩人選(1)　加島祥造編
ユリイカ　ポオ　八木敏雄訳
ポオ評論集　八木敏雄編訳
森の生活(ウォールデン) 全二冊　ソロー　飯田実訳
白鯨 全三冊　メルヴィル　八木敏雄訳
ビリー・バッド　メルヴィル　坂下昇訳

ホイットマン自選日記 全二冊　杉木喬訳
対訳 ホイットマン詩集 ―アメリカ詩人選(2)　木島始編
対訳 ディキンソン詩集 ―アメリカ詩人選(3)　亀井俊介編
不思議な少年　マーク・トウェイン　中野好夫訳
王子と乞食　マーク・トウェーン　村岡花子訳
人間とは何か　マーク・トウェイン　中野好夫訳
ハックルベリー・フィンの冒険 全二冊　マーク・トウェイン　西田実訳
いのちの半ばに　ビアス　西川正身訳
新編 悪魔の辞典　ビアス　西川正身編訳
ねじの回転 デイジー・ミラー　ヘンリー・ジェイムズ　行方昭夫訳
荒野の呼び声　ジャック・ロンドン　海保眞夫訳
ノリス マクティーグ 死の谷 全二冊　石田英二　井上宗次訳
シスター・キャリー 全二冊　ドライサー　村山淳彦訳
響きと怒り 全二冊　フォークナー　平石貴樹　新納卓也訳
アブサロム、アブサロム! 全二冊　フォークナー　藤平育子訳
八月の光 全二冊　フォークナー　諏訪部浩一訳
武器よさらば 全二冊　ヘミングウェイ　谷口陸男訳

オー・ヘンリー傑作選　大津栄一郎訳
黒人のたましい　W・E・B・デュボイス　木島始　鮫島重俊　黄寅秀訳
フィッツジェラルド短篇集　佐伯泰樹編訳
アメリカ名詩選　亀井俊介　川本皓嗣編
青白い炎　ナボコフ　富士川義之訳
風と共に去りぬ 全六冊　マーガレット・ミッチェル　荒このみ訳
対訳 フロスト詩集 ―アメリカ詩人選(4)　川本皓嗣編
とんがりモミの木の郷 他五篇　セアラ・オーン・ジュエット　河島弘美訳

《イギリス文学》〔赤〕

- ユートピア — トマス・モア 平井正穂訳
- 完訳 カンタベリー物語 全三冊 — チョーサー 桝井迪夫訳
- ヴェニスの商人 — シェイクスピア 中野好夫訳
- 十二夜 — シェイクスピア 小津次郎訳
- ハムレット — シェイクスピア 野島秀勝訳
- オセロウ — シェイクスピア 菅泰男訳
- リア王 — シェイクスピア 野島秀勝訳
- マクベス — シェイクスピア 木下順二訳
- ソネット集 — シェイクスピア 高松雄一訳
- ロミオとジューリエット — シェイクスピア 平井正穂訳
- リチャード三世 — シェイクスピア 木下順二訳
- 対訳 シェイクスピア詩集 —イギリス詩人選(1) — 柴田稔彦編
- から騒ぎ — シェイクスピア 喜志哲雄訳
- 冬物語 — シェイクスピア 桒山智成訳
- 言論・出版の自由 他一篇 —アレオパジティカ — ミルトン 原田純訳
- 失楽園 全二冊 — ミルトン 平井正穂訳

- 奴婢訓 他一篇 — スウィフト 深町弘三訳
- ガリヴァー旅行記 — スウィフト 平井正穂訳
- ジョウゼフ・アンドルーズ 全二冊 — フィールディング 朱牟田夏雄訳
- トリストラム・シャンディ 全三冊 — ロレンス・スターン 朱牟田夏雄訳
- ウェイクフィールドの牧師 —むだばなし — ゴールドスミス 小野寺健訳
- 幸福の探求 —アビシニアの王子ラセラスの物語 — サミュエル・ジョンソン 朱牟田夏雄訳
- 対訳 ブレイク詩集 —イギリス詩人選(4) — 松島正一編
- 対訳 ワーズワス詩集 —イギリス詩人選(3) — 山内久明編
- 湖の麗人 — スコット 入江直祐訳
- キプリング短篇集 — 橋本槙矩編
- 高慢と偏見 全二冊 — ジェーン・オースティン 富田彬訳
- ジェイン・オースティンの手紙 — 新井潤美編訳
- マンスフィールド・パーク 全二冊 — ジェイン・オースティン 新井潤美・宮丸裕二訳
- エリア随筆抄 — チャールズ・ラム 南條竹則編訳
- デイヴィッド・コパフィールド 全五冊 — ディケンズ 石塚裕子訳
- 炉辺のこほろぎ — ディケンズ 本多顕彰訳
- ボズのスケッチ 短篇小説篇 全二冊 — ディケンズ 藤岡啓介訳

- アメリカ紀行 全二冊 — ディケンズ 伊藤弘之・下笠徳次・隈元貞広訳
- イタリアのおもかげ — ディケンズ 伊藤弘之・下笠徳次・隈元貞広訳
- 大いなる遺産 全二冊 — ディケンズ 石塚裕子訳
- 荒涼館 全四冊 — ディケンズ 佐々木徹訳
- ジェイン・エア 全二冊 — シャーロット・ブロンテ 河島弘美訳
- サイラス・マーナー — ジョージ・エリオット 土井治訳
- 嵐が丘 全二冊 — エミリー・ブロンテ 河島弘美訳
- アルプス登攀記 全二冊 — ウィンパー 浦松佐美太郎訳
- アンデス登攀記 全二冊 — ウィンパー 大貫良夫訳
- ジーキル博士とハイド氏 — スティーヴンスン 海保眞夫訳
- 南海千一夜物語 — スティーヴンスン 中村徳三郎訳
- 若い人々のために 他十一篇 — スティーヴンスン 岩田良吉訳
- 怪談 —不思議なことの物語と研究 — ラフカディオ・ハーン 平井呈一訳
- ドリアン・グレイの肖像 — オスカー・ワイルド 富士川義之訳
- サロメ — ワイルド 福田恆存訳
- 嘘から出た誠 — ワイルド 岸本一郎訳
- 童話集 幸福な王子 他八篇 — オスカー・ワイルド 富士川義之訳

分らぬもんですよ　バァナード・ショウ　市川又彦訳
ヘンリ・ライクロフトの私記　ギッシング　平井正穂訳
南イタリア周遊記　ギッシング　小池滋訳
闇の奥　コンラッド　中野好夫訳
密偵　コンラッド　土岐恒二訳
対訳イエイツ詩集　高松雄一編
月と六ペンス　モーム　行方昭夫訳
人間の絆　全三冊　モーム　行方昭夫訳
サミング・アップ　モーム　行方昭夫訳
モーム短篇選　全二冊　行方昭夫編訳
アシェンデン　—英国情報部員のファイル　モーム　中島賢二　岡田久雄訳
お菓子とビール　モーム　行方昭夫訳
ダブリンの市民　ジョイス　結城英雄訳
荒地　T・S・エリオット　岩崎宗治訳
悪口学校　シェリダン　菅泰男訳
サキ傑作集　河田智雄訳
オーウェル評論集　小野寺健編訳

パリ・ロンドン放浪記　ジョージ・オーウェル　小野寺健訳
動物農場　—おとぎばなし　ジョージ・オーウェル　川端康雄訳
対訳キーツ詩集　—イギリス詩人選(10)　宮崎雄行編
キーツ詩集　中村健二訳
阿片常用者の告白　ド・クインシー　野島秀勝訳
オルノーコ 美しい浮気女　アフラ・ベイン　土井治訳
解放された世界　H・G・ウェルズ　浜野輝訳
大転落　イヴリン・ウォー　富山太佳夫訳
回想のブライズヘッド　全二冊　イーヴリン・ウォー　小野寺健訳
愛されたもの　イーヴリン・ウォー　中村健二　出淵博訳
対訳ジョン・ダン詩集　—イギリス詩人選(2)　湯浅信之編
フォースター評論集　小野寺健編訳
白衣の女　全三冊　ウィルキー・コリンズ　中島賢二訳
アイルランド短篇選　橋本槙矩編訳
灯台へ　ヴァージニア・ウルフ　御輿哲也訳
狐になった奥様　ガーネット　安藤貞雄訳
フランク・オコナー短篇集　阿部公彦訳

たいした問題じゃないが　—イギリス・コラム傑作選　行方昭夫編訳
英国ルネサンス恋愛ソネット集　岩崎宗治編訳
文学とは何か　—現代批評理論への招待　全二冊　テリー・イーグルトン　大橋洋一訳
D・G・ロセッティ作品集　南條竹則　松村伸一編訳
真夜中の子供たち　全二冊　サルマン・ラシュディ　寺門泰彦訳

《ドイツ文学》〔赤〕

ニーベルンゲンの歌 全二冊		相良守峯訳
若きウェルテルの悩み	ゲーテ	竹山道雄訳
ヴィルヘルム・マイスターの修業時代 全三冊	ゲーテ	山崎章甫訳
イタリア紀行 全三冊	ゲーテ	相良守峯訳
ファウスト 全二冊	ゲーテ	相良守峯訳
ゲーテとの対話 全三冊	エッカーマン	山下肇訳
スペインの太子 ドン・カルロス	シルレル	佐藤通次訳
ヒュペーリオン —希臘の世捨人	ヘルデルリーン	渡辺格司訳
青い花	ノヴァーリス	青山隆夫訳
夜の讃歌・サイスの弟子たち 他一篇	ノヴァーリス	今泉文子訳
完訳 グリム童話集 全五冊		金田鬼一訳
黄金の壺	ホフマン	神品芳夫訳
ホフマン短篇集		池内紀編訳
影をなくした男	シャミッソー	池内紀訳
流刑の神々・精霊物語	ハイネ	小沢俊夫訳
ブリギッタ・森の泉 他一篇	シュティフター	宇多五郎 高安国世訳
みずうみ 他四篇	シュトルム	関泰祐訳
村のロメオとユリア	ケラー	草間平作訳
沈鐘	ハウプトマン	阿部六郎訳
地霊・パンドラの箱 ルル二部作	F・ヴェデキント	岩淵達治訳
春のめざめ	F・ヴェデキント	酒寄進一訳
花・死人に口なし 他七篇	シュニッツラー	番匠谷英一 山本有三訳
ゲオルゲ詩集		手塚富雄訳
リルケ詩集		高安国世訳
ドゥイノの悲歌	リルケ	手塚富雄訳
ブッデンブローク家の人びと 全三冊	トーマス・マン	望月市恵訳
トオマス・マン短篇集		実吉捷郎訳
魔の山 全二冊	トーマス・マン	関泰祐 望月市恵訳
トニオ・クレエゲル	トオマス・マン	実吉捷郎訳
ヴェニスに死す	トオマス・マン	実吉捷郎訳
講演集 ドイツとドイツ人 他五篇	トーマス・マン	青木順三訳
講演集 リヒァルト・ヴァーグナーの苦悩と偉大 他一篇	トーマス・マン	青木順三訳
車輪の下	ヘルマン・ヘッセ	実吉捷郎訳
デミアン	ヘルマン・ヘッセ	実吉捷郎訳
シッダルタ	ヘッセ	手塚富雄訳
ルーマニア日記	カロッサ	高橋健二訳
幼年時代	カロッサ	斎藤栄治訳
ジョゼフ・フーシェ —ある政治的人間の肖像	シュテファン・ツワイク	高橋禎二 秋山英夫訳
変身・断食芸人	カフカ	山下肇 山下萬里訳
審判	カフカ	辻理訳
カフカ短篇集		池内紀編訳
カフカ寓話集		池内紀編訳
ドイツ炉辺ばなし集 —カレンダーゲシヒテン	ヘーベル	木下康光編訳
ウィーン世紀末文学選		池内紀編訳
チャンドス卿の手紙 他十篇	ホフマンスタール	檜山哲彦訳
ホフマンスタール詩集		川村二郎訳
ドイツ名詩選		生野幸吉 檜山哲彦編
聖なる酔っぱらいの伝説 他四篇	ヨーゼフ・ロート	池内紀訳
暴力批判論 他十篇 —ベンヤミンの仕事1	ベンヤミン	野村修編訳
ボードレール 他五篇 —ベンヤミンの仕事2	ベンヤミン	野村修編訳

パサージュ論 全五冊　ヴァルター・ベンヤミン　今村仁司・三島憲一・大貫敦子・高橋順一・塚原史・細見和之・村岡晋一・山本尤・横張誠・與謝野文子・吉村和明訳

ジャクリーヌと日本人　ヤーコプ　相良守峯訳

ヴォイツェク ダントンの死 レンツ　ビューヒナー　岩淵達治訳

人生処方詩集　エーリヒ・ケストナー　小松太郎訳

終戦日記一九四五　エーリヒ・ケストナー　酒寄進一訳

第七の十字架 全二冊　アンナ・ゼーガース　山下肇・新村浩訳

《フランス文学》〔赤〕

ラブレー第一之書 ガルガンチュワ物語　渡辺一夫訳

ラブレー第二之書 パンタグリュエル物語　渡辺一夫訳

ラブレー第三之書 パンタグリュエル物語　渡辺一夫訳

ラブレー第四之書 パンタグリュエル物語　渡辺一夫訳

ラブレー第五之書 パンタグリュエル物語　渡辺一夫訳

ピエール・パトラン先生　渡辺一夫訳

エセー 全六冊　モンテーニュ　原二郎訳

ラ・ロシュフコー箴言集　二宮フサ訳

ブリタニキュス ベレニス　ラシーヌ　渡辺守章訳

ドン・ジュアン —石像の宴　モリエール　鈴木力衛訳

いやいやながら医者にされ　モリエール　鈴木力衛訳

守銭奴　モリエール　鈴木力衛訳

完訳 ペロー童話集　新倉朗子訳

ラ・フォンテーヌ寓話 全二冊　ラ・フォンテーヌ　今野一雄訳

カンディード 他五篇　ヴォルテール　植田祐次訳

ルイ十四世の世紀 全四冊　ヴォルテール　丸山熊雄訳

美味礼讃 全二冊　ブリアーサヴァラン　関根秀雄・戸部松実訳

近代人の自由と古代人の自由・征服の精神と簒奪 他一篇　コンスタン　堤林剣・堤林恵訳

恋愛論 全二冊　スタンダール　杉本圭子訳

赤と黒 全二冊　スタンダール　桑原武夫・生島遼一訳

ゴプセック・毬打つ猫の店　バルザック　芳川泰久訳

艶笑滑稽譚 全三冊　バルザック　石井晴一訳

レ・ミゼラブル 全四冊　ユーゴー　豊島与志雄訳

ライン河幻想紀行　ユーゴー　榊原晃三編訳

ノートル＝ダム・ド・パリ 全二冊　ユーゴー　辻昶・松下和則訳

モンテ・クリスト伯 全七冊　アレクサンドル・デュマ　山内義雄訳

三銃士 全二冊　デュマ　生島遼一訳

カルメン　メリメ　杉捷夫訳

愛の妖精（プチット・ファデット）　ジョルジュ・サンド　宮崎嶺雄訳

ボオドレール 悪の華　鈴木信太郎訳

感情教育 全二冊　フローベール　生島遼一訳

紋切型辞典　フローベール　小倉孝誠訳

サラムボー 全二冊　フローベール　中條屋進訳

未来のイヴ 全二冊　ヴィリエ・ド・リラダン 渡辺一夫訳
風車小屋だより　ドーデー 桜田佐訳
サフォ パリ風俗　ドーデー 朝倉季雄訳
プチ・ショーズ —ある少年の物語　ドーデー 原千代海訳
少年少女　アナトール・フランス 三好達治訳
テレーズ・ラカン 全二冊　エミール・ゾラ 小林正訳
ジェルミナール 全三冊　エミール・ゾラ 安士正夫訳
獣人 全二冊　エミール・ゾラ 川口篤訳
氷島の漁夫　ピエール・ロチ 吉氷清訳
マラルメ詩集　渡辺守章訳
脂肪のかたまり　モーパッサン 高山鉄男訳
メゾンテリエ 他三篇　モーパッサン 河盛好蔵訳
モーパッサン短篇選　高山鉄男編訳
わたしたちの心　モーパッサン 笠間直穂子訳
地獄の季節　ランボオ 小林秀雄訳
対訳 ランボー詩集 —フランス詩人選(1)　中地義和編
にんじん　ルナアル 岸田国士訳

ジャン・クリストフ 全四冊　ロマン・ローラン 豊島与志雄訳
ベートーヴェンの生涯　ロマン・ロラン 片山敏彦訳
ミレー　ロマン・ロラン 蛯原徳夫訳
フランシス・ジャム詩集　手塚伸一訳
三人の乙女たち　フランシス・ジャム 手塚伸一訳
狭き門　アンドレ・ジイド 川口篤訳
法王庁の抜け穴　アンドレ・ジイド 石川淳訳
モンテーニュ論　アンドレ・ジイド 渡辺一夫訳
ムッシュー・テスト　ポール・ヴァレリー 清水徹訳
精神の危機 他十五篇　ポール・ヴァレリー 恒川邦夫訳
ドガ ダンス デッサン　ポール・ヴァレリー 塚本昌則訳
シラノ・ド・ベルジュラック　ロスタン 辰野隆 鈴木信太郎訳
地底旅行　ジュール・ヴェルヌ 朝比奈弘治訳
八十日間世界一周　ジュール・ヴェルヌ 鈴木啓二訳
海底二万里 全二冊　ジュール・ヴェルヌ 朝比奈美知子訳
死霊の恋・ポンペイ夜話 他三篇　ゴーチエ 田辺貞之助訳
火の娘たち　ネルヴァル 野崎歓訳

パリの夜 —革命下の民衆　レチフ・ド・ラ・ブルトンヌ 植田祐次編訳
シェリ　コレット 工藤庸子訳
シェリの最後　コレット 工藤庸子訳
生きている過去　レニエ 窪田般彌訳
ノディエ幻想短篇集　ノディエ 篠田知和基編訳
フランス短篇傑作選　山田稔編訳
シュルレアリスム宣言・溶ける魚　アンドレ・ブルトン 巖谷國士訳
ナジャ　アンドレ・ブルトン 巖谷國士訳
ジュスチーヌまたは美徳の不幸　サド 植田祐次訳
とどめの一撃　ユルスナール 岩崎力訳
フランス名詩選　安藤元雄 入沢康夫 渋沢孝輔編
繻子の靴 全二冊　ポール・クローデル 渡辺守章訳
A・O・バルナブース全集 全二冊　ヴァレリー・ラルボー 岩崎力訳
心変わり　ミシェル・ビュトール 清水徹訳
悪魔祓い　ル・クレジオ 高山鉄男訳
失われた時を求めて 全十四冊　プルースト 吉川一義訳
シルトの岸辺　ジュリアン・グラック 安藤元雄訳

星の王子さま　サン＝テグジュペリ　内藤濯訳

プレヴェール詩集　小笠原豊樹訳

ペスト　カミュ　三野博司訳

サラゴサ手稿 全三冊　ヤン・ポトツキ　畑浩一郎訳

《別冊》

増補 フランス文学案内　渡辺一夫　鈴木力衛

増補 ドイツ文学案内　手塚富雄　神品芳夫

ことばの花束 ―岩波文庫の名句365　岩波文庫編集部編

ことばの贈物 ―岩波文庫の名句365　岩波文庫編集部編

愛のことば ―岩波文庫から―　岩波文庫編集部編

世界文学のすすめ　大岡信　奥本大三郎　川村二郎　小池滋　沼野充義 編

近代日本文学のすすめ　大岡信　加賀乙彦　菅野昭正　曾根博義　十川信介 編

近代日本思想案内　鹿野政直

近代日本文学案内　十川信介

ポケットアンソロジー この愛のゆくえ　中村邦生編

スペイン文学案内　佐竹謙一

一日一文 英知のことば　木田元編

声でたのしむ 美しい日本の詩　大岡信　谷川俊太郎 編

岩波文庫の最新刊

マックス・ウェーバー著／野口雅弘訳
支配について
I 官僚制・家産制・封建制

支配の諸構造を経済との関連で論じたテクスト群。『支配の社会学』として知られてきた部分を全集版より訳出。詳細な訳註や用語解説を付す。（全二冊）
〔白二一〇-一〕 **定価一五七三円**

網野善彦著
中世荘園の様相

動乱の時代、狭い谷あいに数百年続いた小さな荘園、若狭国太良荘。「名もしれぬ人々」が積み重ねた壮大な歴史を克明に描く、著者の研究の原点。（解説＝清水克行）
〔青N四〇二-一〕 **定価一三五三円**

J・L・ボルヘス作／内田兆史・鼓直訳
シェイクスピアの記憶

分身、夢、不死、記憶、神の遍在といったテーマが作品間で響き合う、巨匠ボルヘス最後の短篇集。精緻で広大、深遠で清澄な、磨きぬかれた四つの珠玉。
〔赤七九二-一〇〕 **定価六九三円**

ヘルダー著／嶋田洋一郎訳
人類歴史哲学考（二）

第二部の第六～九巻を収録。諸大陸の様々な気候帯と民族文化の関連を俯瞰し、人間に内在する有機的力を軸に、知性や幸福について論じる。（全五冊）
〔青N六〇八-二〕 **定価一二七六円**

……今月の重版再開……

有島武郎作
カインの末裔 クララの出家
定価五七二円
〔緑三六-四〕

プルタルコス著／柳沼重剛訳
似て非なる友について 他三篇
定価一〇七八円
〔青六六四-四〕

定価は消費税10％込です　2023.12